ÚLTIMAS NOTICIAS

Novela

José de la Paz Pérez

Charla con el autor

ISBN: 9798883669117

EL AUTOR:

Tras participar en un curso de Periodismo, que duró algunas semanas, José de la Paz Pérez comenzó la aventura de escribir; su primer nota informativa fue publicada en 1980, en *Prensa Libre*, un impreso de Acapulco ya desaparecido.

Pero fue en Ciudad Altamirano, región de la Tierra Caliente de Guerrero, 10 años después, cuando recibe su primer sueldo como reportero en una empresa en la cual, en pocas semanas, es ascendido a jefe de Redacción.

De ahí comenzó una carrera modesta: fue subdirector en *Mi Región* periódico de Tejupilco, Estado de México, y corresponsal de la revista *Vista del Estado*; a su regreso a Acapulco laboró en varios medios, algunos ya desaparecidos, como *Novedades Acapulco* y *La Jornada Guerrero;* en este último fungió como corresponsal y después como Editor.

Fue testigo de la evolución: desde la prensa caliente, pasando por la fotocomposición y el Ofset, hasta la tecnología actual de impresión digital y las redes sociales.

Desde un principio, se negó a incursionar en la nota roja, o policiaca, y nunca lo hizo. Paradójicamente, la historia que aquí presenta es de un reportero especialista en este género.

DEDICADO A:

Mis compañeros de pluma

Gracias por sus enseñanzas

A los lectores

En quienes deberíamos pensar antes de escribir

ÍNDICE

SINOPSIS

Un periodista de nota roja y tres mujeres: el amor de su vida, a la que nunca dio un beso apasionado; una amiga, a la que entregó toda su pasión y, una desconocida, con la que formó una familia durante su etapa de amnesia.

La historia inicia en 1991 y concluye el 31 de diciembre de 2023: pasa por el gran eclipse total de sol del Siglo XX hasta el destructor Huracán *Otis*, que prácticamente borró del mapa al paradisiaco puerto de Acapulco.

Francisco Gasca es un alegre e intrépido periodista de la nota roja, la que tiene que ver con homicidios, secuestros y demás crímenes de alto impacto; siempre busca la información más escandalosa, la que roba espacio en primera plana.

Pero su mayor ambición es lograr cada día la nota principal, la de ocho columnas, y para ello se prepara a conciencia y busca estar siempre cerca de donde se genera la noticia y no donde se emiten los *fríos* boletines.

Tras un pasado en el cual se sintió agredido, Francisco busca exhibir a "los malos" como si fueran escoria humana, como si de manera consciente hubieran elegido estar del lado equivocado.

Los episodios de amnesia generan que su vida se convierta en un caos....

Tras una experiencia traumática, concluye que la nota roja había sido practicada de manera injusta... y descubre así lo que considera un nuevo género periodístico...

Capítulo 1

EL SECUESTRO

Comenzaba la última década del Siglo XX; finalizaba el mes de octubre del año 1991 para ser más exactos, y en la avenida costera Miguel Alemán, de Acapulco, aún sonaban los éxitos setenteros y ochenteros de Donna Summer, Michael Jackson, Madonna, Village People, Diana Ross y Gloria Gaynor, entre otros, cuya música estaba siendo desplazada por nuevos géneros, más tecnológicos, más digitales, como preparando la llegada del mítico año 2,000.

El Eclipse del Milenio, del agonizante Siglo XX, que fue uno total de sol, recién sucedido el 11 de julio, y que fue presenciado en gran parte del Continente Americano, atrajo a cientos de turistas para vivir la experiencia junto a las cálidas aguas del puerto, en la franja de playa de la bahía más hermosa del planeta, como la han calificado los asiduos viajeros.

Los periódicos nacionales y locales dieron una amplia cobertura antes, durante y después del fenómeno que hacía muchos años no se veía en México, por lo que con meses de anticipación informaban sobre los cuidados que debían ponerse en práctica para disfrutar sin riesgos el oscurecimiento total que ocurrió durante 7 minutos en momentos en que se suponía que el sol brillaría con gran intensidad. Fue todo un acontecimiento natural… el más importante del siglo y del milenio, ni más ni menos.

Eran las doce de la medianoche, el ambiente en la zona Dorada del puerto comenzaba con motivo de las fiestas de

Halloween, que se organizaban cada año en estas fechas; "la noche aún es joven", solían decir los aficionados a las discos, que es como se les conocía a los salones en donde se disfrutaba la música grabada, que era mezclada y ambientada en vivo por el Disc Jockey (DeeJay o DJ), el personaje que ponía a bailar a los asistentes mientras aplicaba sus conocimientos, experiencia, arte y sensibilidad a las tornamesas de discos de vinilo.

Mientras por un lado la fiesta comenzaba, por otro una desgracia se perfilaba.

El secuestro se había consumado. Juan Córdoba júnior, hijo de conocido empresario hotelero del mismo nombre, se encontraba amordazado, recibiendo instrucciones de sus captores: De entrada, debería permanecer tranquilo si es que quería volver sano y salvo a casa; como suele ocurrir en estos casos, eran obvios los intereses económicos de aquellos desconocidos quienes cubrían sus rostros con ligeros pasamontañas ante el atemorizado joven de apenas 22 años de edad.

Johnny —así era conocido- había salido minutos antes al jardín principal de la mansión familiar, como solía hacerlo, quizá para buscar la solución a algún problema existencial, propio de su edad, o simplemente para despejar un poco su mente; así, mirando las estrellas que mostraban a esa hora la oscuridad de la noche, permanecía durante varios minutos. Tal vez esta rutina facilitó las cosas a sus plagiarios, y ahora estaba ahí, en un oscuro cuartucho, sin la esperanza de que en su hogar se percataran de su ausencia pues, como era costumbre después de irse a la cama, sus padres lo volvían a ver hasta las once de la mañana del día siguiente, hora en que se levantaba a tomar su desayuno; la fortuna de la familia permitía éste y otros lujos.

En contraste a la relativa calma que imperaba esa noche en la mansión, en otra parte de la ciudad, en las instalaciones del *Diario Diamante* la actividad estaba en pleno apogeo; los reporteros de guardia (los que esperan las noticias de última hora) no separaban la vista de los monitores de sus computadoras personales (PC por sus siglas en inglés), aquellas que con su versión de Word 2.0, para el sistema operativo Windows 3.0, recién habían desplazado en las redacciones de los periódicos a las máquinas de escribir, éstas que durante tantos años fueron compañeras inseparables de los redactores de la noticia, considerada en el círculo como la materia prima del periodismo, como lo establece Salvador Borrego en su obra *Periodismo Trascendente*.

Cuando parecía que la edición estaba completa, lista para comenzar el tiraje que sería distribuido al día siguiente, llegó corriendo y agitado ¡el reportero *estrella* de la página policíaca! ni más ni menos; audaz como pocos en su área, siempre enterado, antes que nadie, de las noticias sensacionalistas que tuvieran que ver con homicidios, violaciones y hasta secuestros.

- ¡La de *ocho*! ¡Quiero la de ocho columnas! —gritaba-, traigo un notición. ¡Otra vez se las he ganado, no cabe duda que soy chingón; paren prensa!

Y ahí estaba la figura de Francisco Gasca, esbelta y recta; el joven, con 31 años encima, con su tez clara y bigotes discretos, se presentaba una vez más con esos aires

13

protagónico exigiendo el mejor lugar del periódico impreso: portada y a ocho columnas.

Como siempre, el jefe de Información del diario, Carlos Sarabia, dudó por un instante y terminó por ordenar que pararan de trabajar en el taller de impresión; Francisco no era de los que exigían ese espacio privilegiado sin una razón de peso. "Seguro que algo bueno trae", pensó el titular de tan importante cargo. Y esperó a ver qué sucedía.

Aún no amanecía y los voceadores de *Diario Diamante* acudían presurosos en busca de los ejemplares que, en breve, recorrerían el puerto para llevar las noticias frescas a los cruceros viales, a las oficinas y a los hogares de los cientos de suscriptores.

Horas más tarde, la familia Córdoba Ordóñez se preparaba para recibir los primeros alimentos del día. Eran las once de la mañana; los cocineros habían preparado ya el desayuno. Cubiertos de plata y loza fina, además de suculentos platillos, adornaban la amplia mesa. Antes de pasar a ocupar su lugar, don Juan Córdoba ordenó el periódico del día; era un hombre de mundo y le interesaba lo que sucedía a su alrededor. "Gracias Gudelia", agradeció a la trabajadora del hogar mientras tomaba el matutino entre sus manos. Iba a sentarse a leer cuando pasó frente a un amplio espejo que adornaba la estancia; se vio desmejorado y optó por pasar primero al tocador; quería mejorar su presencia antes de pasar a tomar los primeros alimentos del día, por lo que dejó caer el periódico en el sillón que solía utilizar para la lectura —también- de libros y revistas; las hojas se abrieron y quedó a la vista una noticia que Don Juan no vio en esos momentos porque ya se alejaba.

Doña Carolina Ordóñez salía de su recámara y bajaba las escaleras cuando, desde lejos, su mirada se posó con raro interés en aquel encabezado de grande tipografía; sus cansados ojos no alcanzaban a distinguir con la claridad de antaño pero su corazón de madre, quizá, le hizo poner más atención al matutino. Poco a poco fue distinguiendo y leyendo con mayor claridad, y la respiración de la distinguida dama comenzó a agitarse. "Secuestran a Johnny, hijo de prestigiado hotelero", expresó con voz entrecortada al momento de lanzar un ahogado grito que alcanzó a escuchar don Juan quien ya volvía a la zona de comedor y, presuroso, acudió ante su esposa.

- ¿Qué sucede mujer? ¿Otra vez con tus achaques? - preguntó a la dama que ya estaba a punto del desmayo-, ¡dime qué sucede!

- ¡Mi hijo, mi Johnny!

- ¿Qué sucede con él?

Ya otros trabajadores llegaban con agua y calmantes para doña Caro —como le decían de cariño-, y en ese instante don Juan miró de reojo aquel periódico, y comprendió la causas de la crisis de su esposa.

- ¡Tranquila mujer! Esto no puede ser cierto, nuestro hijo estuvo anoche en la cena con nosotros; después se fue a la cama; ¡alguien de mala fe inventó esta broma y voy a investigar quién fue!

- ¡Señor! el joven Juan no está en su recámara, no durmió en casa, la cama está tendida tal y como la dejé la tarde de ayer.

Una trabajadora, que se había enterado de la causa por la que doña Caro entró en crisis nerviosa, había acudido a constatar que el joven estaba aún acostado. Era su costumbre levantarse más tarde que los demás; siempre era el último en llegar a la mesa y ésta podría ser una de esas tantas ocasiones, supuso Lupe, la joven que ahora confirmaba la ausencia del júnior.

A esa hora, la noticia ya había recorrido casi todo el puerto acapulqueño; el sistema de circulación de *Diario Diamante* era el más efectivo, por algo gozaba de liderazgo en esta ciudad. También había despertado, como siempre, la curiosidad de los colaboradores de otros periódicos locales, pues por la hora en que ocurrió el secuestro y las escasas personas que se enterarían del mismo, era casi imposible que algún reportero hubiera logrado tener información para la edición de este día. Aunque claro, Francisco solía ser la excepción y, en este caso —reconocían- volvía a serlo. También llamaron la atención -más tarde- las declaraciones del matrimonio Córdoba Ordóñez, en el sentido de que ellos mismos se enteraron precisamente a través del periódico que su hijo había sido plagiado. Contaron a la prensa local -que ya los abordaba- sobre los sucesos ocurridos en las últimas horas. Solamente omitieron mencionar la costumbre de Johnny de salir por las noches al jardín.

En las instalaciones del *Diamante* alguien más era interrogado respecto a la escandalosa noticia que sacudía ya al paradisíaco lugar. Francisco se disponía a salir en busca de otra noticia y su jefe de Redacción volvía a insistirle:

- ¿Cómo le hiciste Pancho? estamos en confianza, habla.

16

- ¡Ay jefe! —dijo, dejando ver sus dientes frontales en sarcástica sonrisa- usted sabe que nunca lo he confesado, es mi secreto, por eso soy el mejor, su reportero *estrella*, y si me sigue quitando el tiempo, se me irá otro notición loco, y eso a usted no le va a gustar, ¿o sí? Voy a la caza de malos, para exhibirlos... ¡lacras sociales!

- Tienes razón, anda ve y... ¡que tengas suerte!

- Ya sabe que no la necesito, por eso soy la *estrella*, ¡chao!

Sí, el reportero se expresaba siempre así, con aires de suficiencia... y se vanagloriaba al exhibir a quienes delinquían... incluso a quienes sólo fueran presuntos delincuentes; se creía el mejor, lo decía y, para su fortuna, en realidad se lo creían porque realmente sobresalía entre los demás por su entusiasmo y valentía. No obstante su gusto por las noticias de gran impacto, jamás exageraba en su información ni mentía para llamar la atención. Simplemente sabía buscar buenas historias y las sabía expresar, a su manera. No obstante la aparente arrogancia que mostraba, en su interior era humilde, deseoso de sobresalir por medios lícitos, y hasta la fecha lo había logrado. Nunca, desde que entró a trabajar al periódico, se le había escuchado una frase de cansancio o rechazo al cumplimiento de su trabajo, aun cuando se tuvieran que utilizar horas extras; todo en él era optimismo y ganas de mejorar lo que se hacía cada día; algunos de sus compañeros de trabajo consideraban que exageraba, pero les caía bien. Recordaban la meteórica carrera que había hecho en la empresa, sobre todo cuando llegó a pedir el empleo de reportero, y dijo su aún inolvidable frase frente a Sarabia: "Deme sólo una semana y, si no le sirvo, me bota a la fregada; pero si ve que soy el mejor, me asciende el sueldo de volada". Y logró su cometido, y desde entonces no había perdido el liderazgo entre sus compañeros, quienes le apreciaban porque, a pesar de sus poses de superioridad, había algo de sencillez en su actuar, no era precisamente soberbia la que mostraba en esa actitud.

Francisco provenía de una familia de las llamadas disfuncionales; sus padres se separaron cuando aún no cumplía 5 años; él y sus dos hermanos se quedaron con su madre en ese cuartucho que siempre rentaron porque el padre jamás proveyó. Su madre solía decir que quien nació pobre, así seguiría y que lamentaba que sus hijos nunca destacarían en la vida porque ese era su destino. Francisco fue el único que se resistió a aceptar el pronóstico de su madre, a quien amaba con toda su alma, y decidió no estancarse como sí lo hicieron sus hermanos, quienes abandonaron los estudios sin siquiera concluir la primaria, no obstante que él los animaba, les decía que allá afuera el mundo les esperaba con miles de oportunidades para triunfar. Su entusiasmo no logró convencer a su familia, pero lo llevó hasta la escuela de Periodismo Carlos Septien García, ubicada en el entonces Distrito Federal -hoy Ciudad de México- en donde estudió la carrera de su vida y regresó a Acapulco para ejercer, como para demostrar que sí había podido sobresalir. Francisco albergaba un resentimiento contra su padre que abandonó a su familia cuando más lo necesitaban; "fue muy injusto", decía, y ello provocó su aversión contra quienes realizaban cualquier acto contra otros, quizá por eso se inclinó por escribir la nota roja, porque tenía la oportunidad de lanzar su pluma contra "los malos". Pero no quería amargarse ni amargar a los demás, por lo que decidió llevar a todas partes su eterna sonrisa, como para ocultar sus verdaderos sentimientos, sus penas… además, se daba cuenta que su sonrisa contagiaba, así como su buen humor, a quienes en ocasiones calificaban sus amigos como "chistes malos"; disfrutaba los aplausos o cuando los demás reían por sus ocurrencias… era obvio que tenía hambre y sed de reconocimiento… y de amor, ese amor que no tuvo en la infancia.

Entrada ya la noche, la portentosa familia recibió un mensaje en el cual se le exigía un millón de dólares a cambio de la vida y la libertad del joven Johnny. La pareja aceptó de inmediato la propuesta; se dirigían a la salida de la enorme propiedad, pero en esos momentos escucharon el melodioso timbre de la puerta. Esperaron y en unos instantes apareció Gudelia.

- Señor, en el portón de la calle hay un señor que, según dice, es periodista, y quiere hablar con usted.

- ¿Otro periodista? ¡Como si no tuviera bastante con tantas preguntas tontas que ya me hicieron al verme salir a la calle! ¡Dígale que deje de estar molestando!

- Señor, disculpe la insistencia, pero… dice que es el que escribió la noticia de esta mañana, sobre el secuestro del joven.

- ¡Hágalo pasar de inmediato!

- Sí señor, con su permiso.

- ¿Qué querrá de nosotros ese tipo?, -dijo a su mujer-, en fin, aprovecharé para salir de una duda.

- Buenos días -saludó Francisco al llegar ante la pareja- veo que se encuentran más tranquilos. Permítanme decirles que siento mucho lo ocurrido y, al mismo tiempo, quisiera que comprendan mi trabajo y...

- No se preocupe joven reportero, lo que pasó es muy grave, estamos aún conmocionados, y ahora espero que todo salga bien, pues...

- ¡Jum!, creo que no me ha entendido, señor Córdoba, cuando les pedía comprensión con la labor que desarrollo, me refería a que deseo pedirles un favorcito.

- No comprendo, en estos momentos estamos por salir... llevamos algo de prisa pero... diga.

- Voy directo: ¿Cuánto le han pedido de rescate? ¿Lo pagará?

- ¿Qué cosa dice jovencito? -preguntó el empresario.

- ¿Cómo lo supo? -secundó la señora Carolina, y evidenció así que, efectivamente, se había establecido ya una comunicación con los plagiarios, por lo que el perspicaz reportero se sintió dueño de la circunstancia.

- Señor... les explicaría en que consiste mi secreto para ser oportuno en las noticias, pero ya no es necesario, aquí la señora prácticamente ya me informó cómo están las cosas.

Nada había que ocultar. El matrimonio estuvo de acuerdo en dar a conocer la suma que les había sido requerida, pero Don Juan quería que el reportero le aclarase algo.

- Dígame joven... ¿Cómo se enteró antes que nadie del secuestro de nuestro hijo?

- Se los voy a decir con todo gusto y… no piensen que es una condición pero... me gustaría estar enterado de la forma en que se va a efectuar el rescate; si es posible, me gustaría también que me adelantaran algo de información. Quiero estar en el lugar, en el preciso instante y, claro, prometo no causar problemas.

- Acepto -dijo Don Juan-, aunque debo decirle que aún guardo mis dudas respecto a si salgamos bien de este asunto.

- No se preocupe caballero, ya verá que todo saldrá perfecto, sólo tenga confianza.

- Está bien, ahora cuénteme cómo supo lo de mi hijo con tanta oportunidad.

El reportero informó detalladamente cómo, de forma accidental, presenció todo; habló de los enmascarados y de su impotencia durante el plagio para ayudar al joven o para avisar a la Policía ya que, de cualquier manera, cuando llegaran los uniformados ya los captores estarían en lugar seguro. También les explicó sobre su afán de lograr noticias exclusivas, por lo que justificó así su decisión de no comunicar nada a las autoridades pues, de inmediato, todos los diarios se enterarían debido a la colaboración que suele existir entre los elementos policíacos y la mayoría de los reporteros de la nota *roja*. El matrimonio lo comprendió y no mostró enfado con el reportero.

Según el mensaje de los captores, la entrega del dinero se realizaría en la playa El Revolcadero -localizada en la zona conocida como Acapulco Diamante- a las tres de la madrugada del siguiente día y, como es costumbre, la consigna era "ni una palabra a la Policía o su retoñito se muere". La adinerada familia salió por fin a conseguir la suma del rescate; desde luego que, aun cuando tenían dinero de sobra, no podían tener tanto efectivo en casa, así es que buscaron a su abogado para que les consiguiera dinero acudiendo a sus socios y otras empresas con las que sostienen relaciones comerciales.

Don Juan Córdoba miró con cierta nostalgia los fajos de billetes dentro de la maleta que sostenía con ambas manos… muy pronto no serían más de la familia ya que al siguiente día, sin duda, pagarían el rescate de Johnny que, de momento, era lo más importante… de pronto su semblante cambió, como si una gran idea llegara a su mente… sonrió burlonamente y cerró la maleta.

Francisco llegó a la redacción de *Diario Diamante* como constantemente lo hacía: Con una hamburguesa en la mano y caminando muy relajadamente.

- ¡Hola preciosa! —Dijo a Lulú, una las capturistas quien, afanosa, maniobraba la computadora, transcribiendo información que llegaba vía fax-, te invito un café... hoy andas de suerte.

- ¡Presumido! Mejor déjame trabajar, estoy un poco atrasada y además algo nerviosa. Últimamente no me he sentido bien.

- Con mayor razón debes acompañarme; la chica que se sienta a mi lado olvida todas sus penas.

- ¿Por qué eres tan creído? —lo encaró la chica mirándolo fijamente a los ojos.

- Mira chaparrita, será mejor que aproveches la oferta porque estoy a punto de invitar a Martita, ¿qué dices?

La chica se quedó pensativa un momento. El audaz reportero le atraía, siempre le había atraído y, por su lado, Martha era una compañera que no le quitaba la mirada de encima a su *príncipe azul*. Aunque éste nunca hablaba en serio con nadie, al menos no permitiría, por el momento, que otra disfrutara la alegre charla con el controvertido joven.

- Está bien, vamos, necesito que me digas algo sobre...

- No te preocupes: Soy soltero, sin vicios, trabajador y en busca de un amor que me comprenda... ¿algo más?

- ¡Yaaa! Contigo nunca se puede hablar en serio…

- ¿En serio, preciosa?

Lulú se sentía demasiado halagada cuando le llamaba así, preciosa; creía que alcanzaba el cielo y soñaba con que en realidad le gustaba al reportero.

Unos instantes más tarde estaban en la cafetería, ubicada frente al edificio donde se editaba el diario.

- ¡Ese mi Poncho! Sirve dos cafés, como ya sabes, ¡bien negros!

- ¡De volada! ¡Trabajan dos cafés para mi *reporter boy and Company*! –Respondió con entusiasmo el aludido.

Poncho, -Alfonso-, era una de las personas de confianza del reportero; por ello se frecuentaban, ya sea para tomar café, algún trago, o para relajarse un rato por allí entre tantas diversiones que existen en Acapulco. *La dupla Pancho y Poncho*, decían sus amigos cuando les veían juntos en sus andanzas.

- Aquí están dos cafés cargados y con poca azúcar para la *lady*, ¿algo más mis tortolitos?

- Sí, -respondió Lulú, quien también llevaba buena amistad con el trabajador- quiero que te esfumes... ya sabes, el *onceavo*.

- ¡Huuy! Qué manera tan deliciosa de correrme, pero en fin... ¡Oye Pancho, luego me cuentas cómo estuvo lo de la nota de esta mañana!

-Sí, hombre, ya sabes.

Pancho sacó la hamburguesa, que venía cortada en dos partes, y la compartió con la joven.

En efecto, Poncho era el único a quien solía contar sobre la manera en que efectuaba sus exclusivos reportajes; siempre había tenido, a cambio, su absoluta discreción, como buenos amigos que eran.

- Oye, Pancho, por cierto, ¿qué hay de eso? -Preguntó Lulú- ¿qué ha pasado con el júnior? ¿Habrá rescate? ¿Cómo te enteraste?

- Tranquila nena, ¿no te parecen demasiadas preguntas? Además, recuerda que el reportero soy yo. ¡Hum... qué rico café! –Dijo tras dar un trago a la bebida.

- No me has respondido.

- Anda, tu café se enfría… y tu hamburguesa.

- Mira, Pancho...

- ¡Mira tú, Lulú! Si te invité aquí fue para que disfrutaras un buen rato de mi compañía y para que despejaras un poco la mente, ya vez que te la pasas pegada a la aburrida computadora. ¡Por favor no me traigas el aburrimiento a mí también!

- No seas así, yo...

- Y yo... ¡Yo a la otra invito a Martha; tiene más sentido del humor! -Lo dijo en tono sarcástico y dejó escapar una sonrisa.

Lulú cambió el semblante, su mirada se posó en el café que dejaba escapar el aromático y excitante vapor con aroma a Atoyac, Guerrero, zona cafetalera por excelencia. Estaba —

evidentemente- enamorada del joven y sufría al escuchar el nombre de Martha en sus labios... bebió un sorbo de su taza, dio una mordida a la hamburguesa, y continuó pensativa.

- ¿Qué te pasa? ¿A poco te creíste la broma?, era sólo *coto*, ya sabes que eres la *efectiva*.

La chica seguía callada, como digiriendo el cambio de actitud del periodista, quien primero le decía palabras que la herían y ahora tenía semejante sonrisa, como si nada.

- Ahora te quedas muda. ¡Está bien!, voy a contarte uno de mis famosos chistes malos, ¿qué tal uno de recién casados?

La chica sonrió ligeramente... luego abrió los ojos dejando escapar una chispa de entusiasmo y movió la cabeza afirmativamente. Pancho contó aquel chiste que ya había hecho reír a sus compañeros, a ella también, pero disfrutaba escuchar al chico una y otra vez; finalmente, pensó, ¿qué importaba el chiste? ella disfrutaba su compañía.

- ¿Qué te pareció? —Dijo mientras la chica ya aplaudía-, esta vez me salió mejor, ¿a poco no?

- ¡Fabuloso! Nadie te gana para hacer pasar un rato ameno a cualquiera.

- A cualquiera no, preciosa, yo escojo muy bien a mis compañías, así es que ya puedes considerarte una chica especial.

- Nunca cambiarás -dijo, viéndolo a los ojos con inmenso amor-, por eso es que yo te...

La chica se arrepintió de lo que iba a decir y, de inmediato, como para disimular, se llevó el café a los labios; había pensado en voz alta y estuvo a punto de declarar su amor al reportero, quien le inquirió de inmediato.

- ¿Qué ibas a decir?, ¿por qué te sonrojas?

- Este... no, nada, lo que pasa es que... ¡ah, mira el reloj! Es tarde y no has entregado el material de este día.

- Pues no, es que... todavía no lo tengo; es decir, no he escrito nada aún. Por cierto, es hora de ir a preparar otra súper nota.

- ¿Apenas te vas? ¿Ya viste la hora que es? ¿Qué fuente informativa te puede estar esperando? Ya no hay oficinas abiertas.

- ¿Quién te dijo que soy reportero *chafa* de oficina? Yo siempre voy al lugar donde se genera la noticia *caliente*, no donde se escriben los fríos boletines.

- Bueno, este... pero aun así es peligroso que andes por allí viendo qué habrá de espectacular... ¿Por qué no vas y reporteas como los demás? hay mucha información en la Policía... detenciones... o bien, en los hospitales o en la Cruz Roja te pueden informar sobre los accidentes del día.

- ¡Por favor! ¿Cuánto tiempo llevas tratándome y aún no me conoces? ¿Crees en realidad que puedo conformarme con vaciar datos de un documento y sólo darle un estilo de redacción? No Lulú, no soy uno de ésos, menos uno mediocre.

- No hables así de quienes cubren esas fuentes... recuerda que son tus compañeros de profesión.

- Tienes razón, perdóname. Perdóname también porque ahora sí ya es hora de ir a encontrarme con mi máxima diversión: Un poco de peligro para lograr mi dotación diaria de adrenalina.

Lourdes —nombre de Lulú-, ya no insistió; sabía además que el chico era terco, así como también sabía internamente que estaba a punto de ir en busca de una noticia espectacular, y ello la llenaba de miedo; temía que de pronto él formara parte de alguna de esas noticias policíacas; temía no volver a verlo con vida.

- Pues vámonos, queridísima amiga –se puso de pie y volteó la mirada a su amigo- ¡apúntalo en la cuenta Poncho!

- ¡Ya vas, Pancho! –Respondió el dependiente mientras, con sonrisa en el rostro, miraba alejarse a la pareja.

Cuando los jóvenes llegaron a la entrada del elevador del edificio del *Diario Diamante* él se detuvo.

- Perdóname nena, pero tengo que regresar, es casi la hora en que debo estar en... Bueno, no se puede decir.

- Te comprendo y... ¿Algún recado para el jefe? Ya vez que luego pregunta por ti.

- Sí, dile que me espere, que me aparte un buen lugar en primera plana.

- De acuerdo, pero...

- ¿Qué pasa?

- ¡Cuídate, por favor!, —respondió la chica con rostro de sufrimiento y súplica.

- No te preocupes, ya sabes que la suerte siempre está de mi lado, ¡mejor dame un beso para que me vaya mejor!

La joven se apresuró a dárselo con gusto; él le ofreció deliberadamente la mejilla cuando ella buscaba *accidentalmente* sus labios; resignada, aceptó conformarse con lo que ella consideraba poco, pero "ya es algo", pensó para sí misma. El joven salió presuroso, tomó el auto que la empresa le había asignado para moverse, un VW sedán, y se dirigió rumbo a la playa El Revolcadero, en donde se habría de efectuar el rescate del júnior Córdoba "si es que hay suerte", dijo en voz alta al abordar la unidad.

Al pasar por la avenida Miguel Alemán, conocida también como La Costera, Francisco pudo apreciar los llamativos y multicolores anuncios luminosos. Restaurantes, bares y discos, sobresalían en aquel concierto de luces; sintió ganas de tomarse algunas copas pues, a esa hora —pasada la medianoche- solía haber singular ambiente protagonizado por los paseantes que gustaban de la vida proporcionada por las noches en este bello puerto. El aparato de sonido del VW tocaba una de sus canciones favoritas: "I love the nightlife" (Amo la vida nocturna), que grabó a finales de los años 70 Alicia Bridges. Pero en ese momento era más importante el trabajo que el placer; después de todo, trabajar como trabajaba era también un verdadero placer para el joven. Al circular por la Avenida Escénica pudo apreciar en su esplendor al internacional puerto, protagonista de sinnúmero de historias, fuente de inspiración de poetas, obsesión de miles de extranjeros y sueño de lunamieleros.

El reportero finalmente llegó a las cercanías de la playa El Revolcadero. Decidió ocultar su vehículo entre unos matorrales y caminó por algunos minutos, los que duraría para llegar a escasos metros en donde supuestamente se haría el intercambio: El prisionero, por el dinero. Sigiloso y con el temor de ser descubierto, avanzaba entre la oscuridad; de pronto descubrió un auto... la escasa visibilidad le impedía distinguir tanto el color del mismo, como la identidad de quienes, pensó, serían sin duda los captores de Johnny. Se tiró sobre la arena; sacó una grabadora de reportero y una minúscula cámara fotográfica con tecnología para captar imágenes aun entre las sombras de la noche y desde una considerable distancia. La accionó discretamente; quería registrar a detalle los movimientos y la identidad de los personajes. El ruido de un motor a sus espaldas lo sorprendió y sólo alcanzó a clavar el rostro en la arena. "¡Estoy perdido!" pensó.

Un auto se aproximaba, en efecto, pero en total oscuridad; se trataba del señor Juan Córdoba, quien había recibido instrucciones de llegar al punto indicado de esa manera, con las luces del auto apagadas; sólo así garantizarían los malhechores su anonimato y, él, la salvación de su hijo.

La cámara fotográfica —la cual no necesitaba flash para captar las imágenes-, volvió a accionarse cuando se registró el encuentro entre los plagiarios, don Juan y su hijo Johnny. Todo indicaba que el trato se cerraba cuando un portafolio era entregado a un sujeto alto, fornido y de cabello quebrado quien, tras husmear y olfatear sobre el contenido, volteó furioso hacia padre e hijo; el reportero no alcanzaba a escuchar, pero supuso que había problemas, ya que el sujeto alto y sus secuaces levantaban la voz. La confusión fue aprovechada por Francisco para accionar su pequeña grabadora y lanzarla cerca del grupo que discutía acaloradamente; nadie escuchó ni se percató del objeto ya que estaban atentos en un asunto de máxima prioridad; se escuchaban gritos amenazadores. De pronto, una detonación de arma de fuego puso nervioso al reportero. Un auto encendió las luces en dirección del joven quien se hundió lo más que pudo en la arena y esperó lo inevitable; el motor del auto se escuchó más cerca y pensó que sus días terminaban de la manera más tonta; sin saber por qué, evocó la imagen de Lulú... el ruido del motor... poco a poco... por fin se alejaba. Sin embargo, no levantó el rostro hasta que todo quedó en silencio.

Mientras sacudía la arena de su cuerpo, alcanzó a distinguir un cuerpo tirado sobre la arena. "¡Johnny! —pensó-, ahora sí se va a armar un lío en grande". Se acercó mientras buscaba con la vista a don Juan. "¿Acaso se lo llevarían los maleantes?", se preguntó. Al llegar ante el cuerpo inerte, encontró la respuesta: Don Juan Córdoba yacía sobre la arena en un charco de sangre. Encendió su lámpara tipo lapicero y descubrió dos orificios de bala en pleno rostro; había algo más: Un papel con un mensaje escrito a mano; lo leyó en voz alta para que quedara registrado en su grabadora, tomó algunas fotografías y se retiró apresurado del lugar en donde ahora reinaba el silencio sólo interrumpido por las agitadas olas del mar; había luna llena, que en esos momentos dejaban ver las nubes que de manera constante cambiaban de lugar.

Llegó aún jadeante a la redacción de *Diario Diamante*; su jefe de información no preguntó nada, sólo se limitó a decirle que apresurara el trabajo, que un buen lugar en *primera* lo esperaba.

MUERE ASESINADO DON JUAN CÓRDOBA

Quiso engañar a los plagiarios de su hijo con billetes falsos; le dieron dos balazos

El encabezado en la portada del matutino era contundente; pronto circuló por la ciudad levantando una ola de comentarios, como suele ocurrir con las notas de Francisco Gasca.

Eran las doce del mediodía. Los reporteros de distintos diarios, como *Novedades Acapulco* y *El Sol de Acapulco*,

32

presurosos corrían tras la noticia, ya sea visitando sus *fuentes*, asistiendo a eventos que tienen lugar en la ciudad o lanzándose a entrevistar a encumbrados personajes, tanto de la política, como de las finanzas, los deportes o tal vez de los espectáculos.

Capítulo 2

MINERVA

Pancho decidió entrar a uno de tantos bares que hay en el puerto, a uno de los que permanecían abiertos las 24 horas del día. Necesitaba estar solo; la nota que se encontraba en boca de todos había sido poco menos que una auténtica bomba, sobre todo porque detallaba con demasiada exactitud la forma en que sucedieron los acontecimientos de la madrugada, además de la conversación -captada fielmente por la mini grabadora- respecto a la discusión tras la cual murió el conocido millonario. Sabía que habría preguntas, pues sólo estando en el lugar de los hechos se podría haber captado la información y las fotografías que ya eran comentadas en la ciudad e incluso a lo largo y ancho del estado de Guerrero; pero por el momento no deseaba hablar con nadie del asunto. Además, estaba impresionado por las imágenes que aún tenía en su mente, veía el cuerpo de don Juan sin vida sobre la arena. Bebió de un sorbo la copa de brandy *on the rocks* que había pedido a la mesera quien, luciendo una minifalda de seda, caminaba de regreso a la barra, sabiendo que sus movimientos hacían lucir aún más su dorada piel y que, de un momento a otro, recibiría un piropo del único cliente que en esos momentos había en el lugar. Pero nada sucedió, el reportero se mostraba indiferente frente al espectáculo que se efectuaba en su honor; la sensual chica -quien no rebasaba los veinte años de edad- se extrañó debido a que por vez primera —según recordaba en su corta carrera de mesera-, un cliente no le lanzaba *los perros* a la primera provocación. O ya estaba perdiendo el encanto entre los miembros del *sexo fuerte*, o bien este hombre estaba ciego... o no le gustaban las mujeres.

Decidió investigarlo por cuenta propia "esto no se me hace a mí", se dijo, y se plantó frente al reportero con ese cuerpo curvilíneo, su cabello voluminoso, totalmente rizado natural, como autentica costeña que era.

- ¡Bárbaro, tú sí que traías sed! ¿Te sirvo la otra?

- Este... no, creo que ya me voy… ¿Cuánto te debo?

- ¡Óyeme cabrón! No sé qué te traes; acepto que no sea yo tu tipo de mujer, pero me imagino que eres un caballero y quiero comprobarlo: Te voy a servir una copa por mi cuenta y no quiero que me la desprecies.

- Es que... está bien, sírvela, pero pronto, que debo irme.

La mesera le sirvió una porción más generosa de bebida y una más para ella.

- ¿Puedo sentarme? Prometo no pellizcarte.

- Claro... seguro. Veo que tienes sentido del humor.

- Pero tú, parece que vienes de un sepelio, ¡mira qué cara traes! ¿Siquiera apuntaste las placas del tráiler que te atropelló?

- ¡Salud, nena!

- ¡Vaya! Siquiera sabes tratar a las mujeres.

- No te fijes, así es mi estilo. Oye y... ¿no tienes problemas si...

- ¿Problemas? Yo puedo sentarme con quien me plazca; además, como puedes ver, no hay más clientes, eres el único, ¡salud por eso!

- ¡Salud!

Ambos se llevaron la copa a la boca. La de ella, sensual, dejaba ver una blanquísima dentadura, característica entre la gente de color. Él era de boca regular, labios ligeramente carnosos, pero delgados; unos discretos bigotes lo hacían atractivo entre las mujeres. Por un momento reinó el silencio.

- ¿Qué te pasa chavo? —Dijo la mujer-, con poco menos de esta atención otros ya están encima de mí tratando de conquistarme, ¿no te gusto? ¿No soy atractiva a tus ojos?

- Pues sí, eres joven, hermosa… y sensual.

- ¡Vaya! Muy originales adjetivos; lo único malo es la forma en que los expresas; siento como que los lanzaste *a fuerzas*.

- Mira...

- ¡Minerva! Me llamo Minerva, ¿y tú?

- No, yo no. Porque ese es nombre de mujer.

- ¡Bien! Ya te resultó el humor.

- ¡Ja! Quizá fueron las copas.

- ¡No se diga más! Voy por la botella. Si dos copas te levantan el ánimo, tal vez unas diez te levanten algo más.

El reportero iba a protestar, pero no le dio tiempo, la chica ya había llegado hasta la barra y pronto venía de regreso con el producto en la mano. Sirvió nuevamente en ambas copas y bebieron otro sorbo a la manera de un *cruzadito*.

- ¡Uf! Tienes razón Minerva, esto levanta muertos.

- Me alegra que ya estés en *onda*; no me gustan los tipos aburridos.

- ¿Y por qué me soportaste desde el principio?

- No sé... bueno, sí sé.

- ¿Qué? —Dijo mirándola a los ojos-, ¿qué sabes?

- ¿No lo adivinas?

- Pues...

- No digas nada, cierra los ojos y sabrás la respuesta.

Sin saber por qué, el periodista se encontró de pronto con los ojos cerrados y sumido en una completa oscuridad; sintió cómo sus labios eran acariciados por otros que, afanosos, se prendían apasionadamente. La chica era fuego puro, de ello no cabía duda; acarició su suave cabellera mientras percibía el aroma de la discreta loción femenina de la línea Carolina Herrera.

- Permíteme, voy a cerrar el changarro —dijo Minerva-, a esta hora no hay clientes normalmente, así es que mejor nos terminamos esta botella sin que nadie nos moleste.

- Oye, espera…

- No te preocupes, la dueña del bar anda fuera de la ciudad y vendrá hasta pasado mañana; los demás empleados llegan hasta muy tarde; soy por el momento la encargada y… estamos solos.

Mientras ella cerraba, el joven recorrió la vista por las instalaciones del bar; sólo algunas luces tenues iluminaban pobremente el lugar. Había una pequeña pista y al fondo la cabina de sonido en donde se dejaba ver un buen número de discos de vinilo *Long Play*, conocidos también como LP, uno de los cuales fue tomado por Minerva, lo montó sobre la tornamesa y, enseguida, puso la aguja de diamante encima. Una suave música comenzó a tocar.

- Son las mejores baladas de Donna Summer —dijo la chica ubicándose a espaldas de Pancho, acariciándole el hombro- es un disco que recién adquirí... vamos a bailar, esta música me pone romántica.

- Este... no sé, no sé bailar.

- No te estoy preguntando. Además, yo te enseño, ven...

Lo jaló suavemente de un brazo y lo condujo hasta la pista en donde tantas y tantas parejas se habían dicho infinidad de promesas al oído; algunas sinceras, cumplidas… y otras olvidadas en cuanto salían del lugar. El bar normalmente tocaba música romántica, por lo que era favorito para quienes gustaban de idilios constantes, algunos prohibidos pero… ¡qué importa, esto es Acapulco, en donde la vida es para vivirla!

- ¡Huy, qué rápido aprendes!

- No te burles… yo…

- Silencio… déjate llevar por la música... disfrútala.

En realidad, las notas musicales eran muy suaves, y mucho más lo era la voz de *La Reina de las discotheques*, así le llamaban a quien en esos momentos interpretaba *On my Honor*. El cuerpo tibio de la morena rozaba sugestivo la humanidad del reportero, quien no pudo evitar un ligero estremecimiento a lo largo de su cuerpo y un poco más intenso por toda su columna vertebral. Poco auxiliado por la luz violeta, alcanzó a distinguir sin embargo un par de volcanes que sobresalían del atrevido escote de la blanca blusa; eran morenos, macizos… esto lo sentía cada vez que ella, al ritmo suave de la melodía, se movía sensualmente haciéndole olvidar momentáneamente de la pluma, de la redacción… incluso de Lulú.

"It's a lover's dance in a fiery chant. Don't be afraid to face the music now", se escuchaba a la intérprete con voz de terciopelo. "Es un baile de amantes en un canto ardiente. No tengas miedo de enfrentar la música ahora", alcanzó a traducir la joven con voz suave al reportero.

- Bésame... -susurró al oído Minerva-, bésame por favor.

Francisco, acostumbrado siempre a tomar la iniciativa, no evitó sonrojarse ante una nueva invitación para gozar de otro beso que, seguramente, le haría perder una vez más la noción del tiempo y del espacio. La miró fijamente a los ojos, esos ojos negros que emitían misterio; luego, posó su mirada sobre sus labios que, entreabiertos, invitaban al placer. La atrajo aún más hacia sí, apretando la frágil cintura, y la besó con ligera timidez, primero, luego con ternura... y finalmente con pasión... reacción que la acapulqueña estaba esperando desde hacía ya varios minutos. La joven mujer temblaba al sentir el cuerpo del reportero de quien ni siquiera su nombre conocía. Él se sumió también en el torbellino pasional de quien lo estaba llevando por caminos desconocidos de la sensualidad. Ya sus labios recorrían el bronceado cuello; a veces besaba atrás de la oreja mientras escuchaba los ligeros gemidos femeninos. Pronto estuvo ante dos pechos que se erguían orgullosos cual montañas que, a pesar del tiempo y sus inclemencias, habían permanecido firmes; con los labios exploró lo que permitía la ligera blusa, la cual resbaló lentamente mientras ella iba liberando poco a poco la botonadura. Parte del cuerpo quedó al descubierto; era todo un espectáculo a la vista del joven, quien continuaba bebiendo, a pequeños sorbos, la miel y la suavidad de la piel femenina. Posó suavemente sus labios en una de esas protuberancias y la chica arqueó la espalda hacia atrás; sus gemidos de placer se hicieron más continuos y enseguida la minifalda también caía; sólo una ligera prenda cubría el cuerpo de Minerva, quien permaneció de pie en tanto, apasionado, el periodista ya besaba sus piernas. Poco a poco ella fue dejándose caer sobre la pista, auxiliada por un par de brazos varoniles que no dejaban de acariciar cada parte del moreno y esbelto cuerpo; él se desprendía también de sus *jean* y su camisa. Rodaron por la pista dos cuerpos desnudos; sus bocas volvieron a encontrarse y a fundirse en prolongado beso combinado con mutuas caricias. Al sentir en todo su esplendor al periodista, Minerva se acomodó en el improvisado lecho, y ofreció toda su pasión al hombre al que ella había elegido, hombre que no dudó más y dejó sentir suavemente su ser y enseguida se sumergió en la piscina pasional de aquel cuerpo femenino, quien recibió con satisfacción los embates que le hicieron saborear, no la gloria, sino la aproximación al infierno, debido al calor que emanaba de sus cuerpos que en esos momentos parecían insaciables... llegó la explosión volcánica; la lava ardiente en esos momentos fue expulsada del interior de sus jóvenes cuerpos, perfectamente fundidos en uno sólo... los latidos del corazón se aceleraron al máximo, y la singular corriente eléctrica llegó incontrolable, inigualable; tras lograr la cúspide del placer, se mantuvieron en un fuerte abrazo... y así permanecieron durante varios minutos... quedaron dormidos, extenuados, luego de la severa sesión amorosa.

Capítulo 3

SENTENCIADO

Lulú había estado intentando localizar al reportero durante parte de la mañana y de la aún joven tarde. Varias llamadas telefónicas al periódico, preguntando por él, le tenían preocupada, ya que normalmente se reportaba antes del mediodía para informar sobre sus actividades y su localización; tampoco había pasado por la mañana para ver si había algo importante en las órdenes de trabajo, a las cuales casi no tomaba en cuenta pues le resultaban aburridas, rutinarias, ya que, según su criterio, se trataba "simplemente de cumplir", y él siempre iba más allá, le gustaba establecer la diferencia, tanto entre sus compañeros como entre sus colegas de otros diarios.

- ¡Hola preciosura! -Pancho sacó de sus pensamientos a Lulú-, ¿preocupada por la *estrella*? Entonces avisa que no me esperen... porque ya llegué, jajaja, buen chiste, creo que apenas lo inventé, porque no me lo sabía.

- ¡Dios mío, qué cara traes! ¿Te desvelaste?

- Por supuesto ¿No viste acaso la *bomba* de hoy?

Aunque al parecer el encuentro con Minerva le había levantado un poco el ánimo, el reportero conservaba las ojeras, producto de la actividad de los últimos minutos y de las copas ingeridas.

- Tuviste varias llamadas telefónicas, entre ellas la más importante es de la señora Carolina Ordóñez... hoy viuda de Córdoba.

- Lo imaginé... ¿y?

- Francisco...

- ¿Francisco?, vaya, veo que estás algo seria, ¿por qué me llamas Francisco y no Pancho?, ¿y ahora qué pasa?

- Dime, ¿te estás metiendo en problemas?

- ¡Por favor, nena! Yo sólo cumplo mi deber y no le veo nada malo al caso.

-Es que estás exagerando y, yo...

La chica estalló en llanto. Algo malo presentía en torno a su amado y no se explicaba de qué se trataba.

- Control, nena. No pasa nada, ya lo verás y, ahora... permíteme el teléfono, voy a ver qué se le ofrece a esa familia *fufurufa* de los Córdoba Ordóñez.

Mientras tanto, en uno de los hoteles de la zona Diamante de Acapulco dos tipos conversaban.

- ¡Te lo dije, pendejo! ese reportero terminará por descubrirnos.

- ¡Pero señor! estaba muy oscuro, no pudo habernos visto.

- ¡No! eso dices tú, ¿ya viste las fotos que publican en el *Diamante*?

- Pero no se ven muy claras, jefe.

- ¡Mil veces estúpido!, con esto la Policía nos puede rastrear. Y lo peor es que ni siquiera tenemos el dinero del rescate para largarnos. ¡Ese periodista se va arrepentir!

- Si usted quiere... yo le puedo dar un susto.

- ¡Una estupidez sale de tu boca nuevamente, y te mato! Por el momento no podemos hacer nada más que esperar una mejor oportunidad para entregar al júnior idiota y largarnos a otro lado. Después ajustaré cuentas con el *periodiquero* ese. Por cierto, ¿qué pasa con el prisionero?

- Lo tenemos bien asegurado en la casa que alquilamos en Costa Azul.

- Bien, regresa allá y espera órdenes; ¡y cuidado con cometer otra pendejada!

- Descuide, *boss*.

Al mismo tiempo, en las oficinas del *Diario Diamante* tenía lugar una interesante conversación telefónica.

- ¿Qué le pasa señora? —Dijo Francisco ante el auricular mientras Lulú le miraba atenta, intentando adivinar el resto de la conversación-, yo cumplo con mi trabajo, para eso me pagan... está bien, voy para allá.

- ¿Qué sucede? -preguntó presurosa la joven-, ¿hay problemas?

- No... Bueno, parece que sí; la viuda quiere que les entregue a los asesinos, de lo contrario, amenaza con acusarme como cómplice.

- ¡Jesús! Te lo dije Pancho, te estás excediendo.

- No tengas cuidado, *baby*, yo te aseguro que...

- ¡Hey, Pancho! -llegó Sarabia el jefe de Información-, he intentado localizarte todo el día. ¿Qué pasa contigo?

- ¿Qué va a pasar? Ya sabe, yo siempre al pie del cañón y... si no le interesa, me voy, tengo que cumplir con un compromisito.

Antes de que se prolongara la plática, Francisco se dio la vuelta y emprendió la salida.

- ¡Vaya con Pancho! ¿Sabes qué se trae, Lulú?

-Señor... creo que tiene problemas.

- Él siempre los tiene, pero en fin, si fuera algo serio me lo habría dicho, ya sabe que tiene todo nuestro apoyo.

- Pero...

- Por cierto, últimamente has andado muy lenta; para mí que tú eres la que tiene problemas. Anda, sal a tomar un refresco, o un café, y regresa a continuar con tu trabajo. Relájate.

La chica estaba realmente preocupada, ansiosa. Recordó - mientras tomaba su té- el día en que conoció a Pancho. Llegó a solicitar trabajo al *Diamante*; era apenas un chico con ganas de probar suerte en el medio periodístico. Desde sus inicios notó en él esos aires de sobrada capacidad; en la primera entrevista con el jefe de Información se atrevió a decirle que se medía con cualquier reportero; en la primera prueba falló, pero los directivos quisieron darle una oportunidad más, ya que veían en él a alguien con futuro; siempre demostró ser audaz y valiente, y recordó la propuesta que le hizo a Sarabia en el sentido de que trabajaría una semana a prueba y que si no servía para el puesto, aceptaba que lo corrieran, pero que si demostraba ser el mejor de todos, le debería asignar un mejor sueldo. Pronto demostró su valía, y por el momento era uno de los mejores e imprescindibles elementos, en especial, en la nota policíaca, en donde no tenía rival a la vista. La chica admiraba su actitud, y estaba enamorada de su inagotable entusiasmo; siempre tenía una sonrisa en el rostro que contagiaba, o bien un "chiste malo" que igual le hacía desesperar y finalmente reír, y recordaba que cuando era niña, su padre, un comediante local que no trascendió más allá de los eventos de fin de semana en algunos bares y pozolerías de Acapulco, le contaba divertidas historias que le arrancaban grandes carcajadas… hasta que falleció y se quedó sola, con su madre, a quien prometió ayudar para salir adelante, por eso estudió la carrera de maestra, para lograr una estabilidad económica lo cual se le complicó al no poder conseguir una plaza de profesora por los altos costos en que se cotizaban... después cursó estudios de secretaria ejecutiva y computación, lo que le permitió finalmente llegar a *Diario Diamante* como capturista. Lulú siempre quiso tener a su lado a alguien que le divirtiera, que le dijera piropos, aun cuando fueran en son de broma... y anhelaba tener una familia junto al hombre que le robara el corazón, y deseaba integrar a su madre a esa familia que ella quería formar... y había elegido al periodista para cumplir ese sueño; se sentía profundamente enamorada y estaba dispuesta a todo para lograr su amor.

En la mansión de la familia Córdoba Ordóñez todo era absoluto silencio. La mayoría de sus integrantes estaba en una lujosa funeraria de la ciudad, con excepción de la viuda, quien al escuchar el timbre de la entrada adivinó que el joven reportero llegaba y se apresuró personalmente a abrir, en tanto daba instrucciones al chofer para que saliera con los demás colaboradores rumbo a la funeraria y auxiliaran en lo que fuera necesario. Era obvio que quería quedarse a solas con el visitante. Posó la mirada sobre un monitor que estaba un poco arriba de la puerta y abrió. Su semblante era sereno, aunque no podía ocultar una mirada de tristeza; se sobrepuso ligeramente al estar frente al joven reportero.

- Pase, lo esperaba.

El silencio en la amplia estancia era impresionante. Francisco se dirigió hacia uno de los balcones y fijó su mirada sobre el mar que se vislumbraba desde esa posición.

Parte de la bahía se alzaba ante sus ojos. Esperó a que la distinguida dama abordara el tema.

- Siento un dolor enorme en el pecho; él... fue mi gran amor, el compañero de toda una vida llena de felicidad... con altibajos, como todo en esta vida... y lo he perdido... finjo entereza frente a la sociedad porque siempre me he mostrado como una mujer fuerte... pero por dentro estoy doblada, a punto del destrozo...

Las lágrimas amenazaban con brotar de los ojos de la dama.

- Comprendo, señora, pero...

- ¡Sí, joven! No obstante, mi dolor, tengo a mi hijo ausente, en peligro mortal seguramente, y ello me da fuerzas para no quebrarme... ¡por eso le exijo una explicación sobre lo que ha sucedido!, de lo contrario...

- ¡Lo sé! Ya me lo han dicho: Iniciará una investigación policíaca en mi contra si no les entrego a los culpables... o a su hijo, pero...

- ¿Cómo se enteró de la conversación que hubo antes del fatal desenlace? ¡Asesinaron a mi esposo y usted estuvo presente! Solamente siendo cómplice puede conocer los detalles que se publicaron en el diario donde usted trabaja.

- Señora, yo...

- ¡Mire joven, o me ayuda o en estos momentos hablo con el director del *Diamante*; le diré que voy a demandar al periódico a menos que a usted lo den de baja! Después lo demandaré a usted, lo acusaré de estar implicado en el homicidio de mi esposo y en el secuestro de mi hijo; ¡tengo mucho dinero y un prestigio que hará que las cosas se pongan contra usted!, ¿qué dice?

- Que si estoy aquí es para ayudarla.

- ¿Usted a mí?

- No diga nada, mejor escúcheme.

El joven se sentó en uno de los suaves sofás y le indicó a la señora, con la palma de la mano abierta, que le imitara.

- Dama mía, -inició el reportero- pues sí, usted puede acusarme de lo que quiera, es un derecho que ejercerá y...

- ¡Y lo haré si no va al grano y descubre a sus cómplices!

- Tranquila... si un servidor fuera culpable, no estaría aquí; téngalo por seguro y, por otra parte, si me sigue interrumpiendo nunca vamos a llegar a ninguna parte. Usted quiere a su hijo, ¿no es así?, después de todo es lo único que importa en estos momentos.

- Está bien -dijo la señora Carolina más tranquila-, prosiga, ¡pero no intente pasarse de listo!

- Le decía, usted puede iniciar una averiguación judicial en mi contra, pero ¿qué lograría? Si en realidad yo estuviera implicado, su hijo moriría de inmediato.

- ¿Lo está aceptando?

- Al contrario… y será mejor que me deje proseguir o...

- Disculpe nuevamente... pero es que ¡estoy desesperada!

- Lo entiendo, y créame que lo siento, y le decía, yo sólo soy un reportero, me gusta mi trabajo y siempre quiero estar en el lugar donde ocurren sucesos trascendentes. Las noticias fantásticas son mi debilidad, ¡no importa si, incluso, mi seguridad personal está en peligro! Quiero decirle que, en efecto, estuve relativamente cerca de los lugares en donde ocurrieron los lamentables hechos, primero el secuestro y después el asesinato. Pero créame, en ninguno de los casos podría haber hecho algo para ayudar. Tengo un arma, es cierto, pero jamás podría disparar contra un semejante mientras no se trate de salvar mi vida, y en el caso de su esposo y su hijo, yo no hubiera podido contra los criminales, y seguramente también estuviera muerto en estos momentos, ¿me comprende?

- Entonces, ¿cuál es su propuesta? En el tiempo que lleva aquí sólo le ha estado dando vueltas al asunto.

- Bien, si usted procede en mi contra, sólo haría un favor a los verdaderos delincuentes, quienes se darían cuenta de que hay otro sospechoso y no ellos, ¿y usted qué ganaría?, quizá hasta aumenten la suma por el rescate de Johnny. También me perjudicaría a mí, pero siempre y cuando presente pruebas convincentes en mi contra, ya que mi empresa pondría una defensa legal a mi disposición... y si después de todo, pierdo, quedaría sin trabajo y en la cárcel mientras otros seguirán haciendo daño a usted y a mucha gente más y, si usted tiene corazón, más tarde se arrepentiría de la injusticia cometida en mi contra.

- Entonces, ¿qué sugiere, joven?

- Mire, usted sabe mejor que yo que los secuestradores no quieren tener nada con la Policía, entonces, no pida su ayuda y actuemos por nuestra cuenta.

Charlaron largo rato. El joven de la pluma propuso esperar hasta tener noticias nuevamente de los maleantes y el júnior. Eso sí, deberían aparentar resignación por el momento y estar atentos a cualquier mensaje, a una segura petición económica por el rescate.

La viuda de Córdoba acudió más tarde a la inhumación del cuerpo de su esposo, en tanto, Francisco regresó a su modesto departamento. Se echó un baño, tomó el periódico del día y activó su mini grabadora... escuchó nuevamente el diálogo entre el malhechor y don Juan instantes antes de disparar el arma asesina:

- Aquí está el dinero dentro de esta maleta; encima está escrita la contraseña que la abre.

- ¡Usted ábrala y muéstreme su contenido!

- No es necesario, estamos entre caballeros...

- ¿Sabe qué? Esto ya no me está gustando… usted está muy sospechoso y nervioso. ¡Abra la maldita maleta!

- Está bien… aquí tiene, son puros billetes "grandes".

- ¡Lo sabía! Usted quiso pasarse de listo, ¡son billetes falsos!, ¡lo pagarás con tu vida desgraciado! —enseguida se escuchó un par de disparos… luego, el ruido de los motores al abandonar el lugar.

El reportero también miraba con detenimiento las fotografías que había tomado, como si quisiera identificar y grabarse los no tan claros rostros de los asesinos. Después salió a la calle a buscar información respecto a otros casos que tenía pendientes. Su experiencia le decía que por el momento no habría noticias del joven secuestrado, y decidió esperar a que se volvieran a presentar, por sí solos, los acontecimientos en torno al caso. Pero obviamente mantendría sus sentidos alertas. Visitó colonias como Icacos, La Laja, Vista Hermosa, Petaquillas y otras, en donde tenía algunos contactos informativos; eran jovenzuelos vagos quienes en ocasiones se reunían para formar bandas y cometer delitos menores, pero que regularmente tenían información que surge "en el aire", al parecer insignificante, pero que al reportero le servía para tener contexto informativo y, después, investigar por su cuenta y lograr una buena nota; a cambio de estos *pitazos*, les invitaba algunas cervezas.

Capítulo 4

EN LA DISCO

Eran las diez de la noche. Acapulco iniciaba así su constante actividad nocturna. Los turistas abandonaban sus hoteles y se disponían a pasar una velada agradable; los vendedores ambulantes de hamburguesas y *hot dogs* ya habían invadido La Costera; algunos trabajadores de las discotheques salían a la calle a intentar llevar clientes para su causa. Los restaurantes también recibían a sus nocturnos visitantes. El concierto de luces y la plena actividad cubrían la esplendorosa bahía, cuyo cielo lucía totalmente estrellado. En La Quebrada, los clavadistas daban cuenta de un espectáculo más, recibiendo los aplausos y la admiración de quienes disfrutaban cada lance de los intrépidos deportistas.

De vuelta a la avenida Miguel Alemán, en una de las más famosas discotecas, ACA DISCO, el ambiente comenzaba, como siempre, a temprana hora; su fama hacía que los noctámbulos acudieran antes de que el lugar se abarrotara; no querían quedar fuera de la diversión única que aquí se ofrecía.

Los rayos láser dibujaban sinnúmero de figuras sobre la pared, la pista y los asistentes; las pantallas gigantes, en tanto, dejaban ver la figura de *Prince*, en uno de sus controvertidos videoclips. Julio, alias *El Negro*, conversaba con su segundo en mando.

- *Chalo*, quiero que te hagas cargo del *Tavo*; por su culpa, el rescate no se cobró y ahora estamos a punto de ser descubiertos por la Policía.

- No se preocupe jefe… haga de cuenta que ya está hecho.

- Además, quiero que...

- Sí, ya lo sé, debe parecer accidente.

- La Policía suele ser muy astuta cuando se trata de nosotros.

- No importa, sé lo que usted desea y, además, si algo sucede, mis cuates de la Comandancia están listos para echarme la mano.

En efecto, en la Policía había elementos que colaboraban con la banda de *El Negro* Julio.

- Mira, *Chalo* -se dirigió nuevamente a Gonzalo, ése era su nombre-, después hay que cobrarle la afrenta al periodista ese y nos damos unas vacaciones.

- ¡Seguro! Ya me están aburriendo las *gringas*. ¿Por qué no nos vamos por allí, a algún pueblo?, tengo ganas de conocer algunas viejas puritanas, a ver qué cara ponen cuando lleguemos repartiendo dinero.

- Tranquilo, no te aceleres. Mejor ponte a pensar en tus siguientes obligaciones. Procura no fallar.

- Descuide.

- Ahora vete y diles a los muchachos que enseguida salgo.

- ¡Cámara, patrón!

El tipo salió, en tanto *El negro* lanzaba un fino silbido, señal inequívoca de que solicitaba la presencia del mesero.

- Diga señor —llegó presuroso *El Mike*, así le decían- ¿algo más?

- Sí, quiero hablar con René. Dile que soy Julio, *El Negro*.

- Permítame, por favor, veré si se encuentra.

Segundos más tarde, René Balbuena, conocido en el ambiente como *El Señor de la Noche*, propietario del lugar y de otros centros de diversión en Acapulco, llegó ante el hombre de color; lo saludó efusivamente.

- ¿Quiúbole, pinche negro?, ¿qué milagro?

- Ya ves, aquí nomás, dando lata -contestó, al momento en que se ponía de pie y le ofrecía la palma de su mano en señal de saludo.

Balbuena no sabía a qué se dedicaba *El Negro* Julio, mucho menos que se trataba de un secuestrador; lo conoció como un cliente más de sus negocios hacía ya algunos años. La mayoría de las veces *El Negro* no pagaba la cuenta. Después de hacerse cliente del lugar y de inspirar confianza a René, le solicitó crédito y al siguiente mes le pagó todo lo acumulado. Esto se volvió costumbre, y el cumplir con toda la religiosidad hacía que el *discothequero* confiara en su palabra; "ese cabrón siempre paga", decía constantemente a los meseros cuando le informaban que "*El Negro* otra vez firmó la cuenta".

Una vez sentados, René inició la charla.

- No habías venido; pensaba que ya te habías ido de Acapulco.

- ¡Qué va! Aquí andamos. ¡Mesero!

- ¿Qué, quieres otra copa de Chivas Regal? Imagino que, como siempre, es lo que estás tomando.

El empresario conocía los gustos del cliente. El mesero llegó y se puso a sus órdenes.

- ¡Sírveme igual, y a René le traes un *Clavo oxidado*, su trago favorito!

- ¡Oye, espera, cabrón, es muy temprano para mí, estoy atendiendo el *changarro*!

- ¡Nada! Te estoy invitando y no quiero que me desprecies. Recuerda que cuando tú invitas yo siempre *me sacrifico*. Además, quiero que me des crédito nuevamente.

- Por ahí hubieras comenzado. Pero ya sabes que contigo no hay *fijón*. Oye, y ¿qué te has hecho?

- Pues aquí carnal, ya sabes, viendo qué agarro. A propósito, cada día hay más *girls* entre la clientela, todas ¡uf, súper!

- Pues, eso no lo puedo evitar... ni quiero.

- ¡Jajaja! Eres cabrón, patrón.

- ¿Qué quieres que haga? La presencia femenina provoca, en parte, que aumenten los clientes del sexo opuesto, o sea, quienes más gastan y...

Miguel, el mesero, llegó con las copas. René y Julio bebieron un buen sorbo. Mientras charlaban sobre trivialidades, disfrutaban del espectáculo de luz y sonido; las parejas ya daban rienda suelta a sus pasiones por el baile. Silver Convention, Dan Hartman, Earth Wind & Fire, Chic, Amii Stewart, Michael Jackson, Kool & the Gang, Village People, entre otros, se dejaban escuchar cada noche en el concurrido lugar.

Transcurrió la noche de manera normal: Llena de emociones, como siempre sucedía en ACA DISCO. Una batucada a media noche hizo que los visitantes bailaran a ritmo de una mezcolanza de melodías: Rap, rock, samba, mambo, cumbia, en fin; aquello se convirtió en un carnaval. Los meseros, auxiliados por los *garroteros*, repartían *coscorrones* (tequila con Seven Up en copas *caballito*). Esto era cortesía de la casa y los clientes recibían con gusto y alegría el trago con el cual parecían disfrutar más del ambiente. Entre todo ese relajo se distinguía de vez en cuando la figura de alguna norteamericana que, atrevida, subía a alguna mesa en donde se desprendía de algunas prendas dejando al descubierto parte de su cuerpo y bailando al ritmo de las sugestivas melodías, principalmente de ritmo afroantillano, tropical... entre otras.

Julio abandonó más tarde aquel lugar.

René Balbuena continuó el resto de la noche checando que todo funcionara a la perfección; era un hombre que conocía su trabajo y no permitía que cliente alguno se alejara insatisfecho por el servicio. Después de todo, a esto se debía parte del éxito que había tenido como hombre de negocios. También había logrado sobresalir gracias a la confianza que siempre había tenido en sí mismo, razón por la cual cuando se trazaba una meta no paraba hasta lograrla. Comenzó su exitosa carrera hace ya muchos años organizando las primeras tardeadas acapulqueñas en escuelas; después rentó un local al que bautizó como *Yes Disco Club*, sitio que tantas y tantas historias escribió entre la juventud local. Luego seguiría con otros establecimientos creados especialmente para el turismo extranjero y, así, toda una vida de constantes éxitos que se mezclaban con los que el paradisíaco puerto de Acapulco logró en los años 70 y 80.

Capítulo 5

TRAS LA PISTA

Transcurrió un par de días más. En *Diario Diamante* las informaciones policíacas habían encabezado titulares menos importantes, cediendo lugares destacados a las de tipo político y social... incluso el entonces alcalde, René Juárez Cisneros, había acaparado de vez en vez la de *ocho columnas*.

Poncho —el de la cafetería, amigo de Pancho-, hojeaba el matutino en busca de algo espectacular firmado por Francisco Gasca; gustaba enterarse de las exclusivas en materia policíaca. Un encabezado llamó su atención: trataba acerca del cuerpo de un hombre encontrado sin vida. Aunque parecía tratarse de un accidente más, era raro que el occiso no portaba identificación alguna, pues tampoco se trataba de uno de los vagos drogadictos de los que constantemente mueren y se van a la fosa común. La nota era de cierta importancia, pero en esta ocasión no era firmada por el especialista de estos casos; *Poncho* miró con detenimiento la fotografía del hombre encontrado a la orilla de una de las playas del puerto.

- ¡Ese Pancho! -gritó dirigiendo su mirada hacia afuera del local al ver pasar al reportero-, ¿qué ondas contigo?

- ¿Qué ondas con qué?

- Ahora sí te ganaron la nota buena, ¿ya viste?

- Precisamente me dirigía en busca de un ejemplar. Dame un café -dijo mientras tomaba el periódico y posaba su mirada sobre la página policiaca-, a ver... qué hay aquí... ¡épale!

- ¿Qué sucede? No me digas que te impresionó el muertito; has visto cosas mayores.

- Así es que dices que me la ganaron, ¿eh? Pues fíjate que no —bebió el café de un solo trago y sentenció-, esta nota debería ser más espectacular, y obviamente el especialista soy yo; nos vemos más tarde... ¡ah! Y no olvides comprar mañana el *Diamante* un poco más temprano, no sea que vaya a *volar* y te quedes sin *el noticion*. Nos vemos.

Poncho intentó preguntar algo, pero el joven ya había abandonado, presuroso, el establecimiento. Pensó que algo se traía entre manos; sospechaba que iba en busca de algo bueno, y ello lo llenaba de emoción. Lo estimaba tanto al igual que lo admiraba como reportero policíaco. Siempre había pensado que, de haber sido periodista, hubiese actuado de igual forma, siempre lleno de misterios ante la opinión pública y siempre entregándole reportajes exclusivos. En una ocasión había enviado por fax una noticia redactada al estilo de Francisco Gasca, misma que estuvo a punto de incluirse en el periódico, pero al percatarse el propio reportero de lo que ocurría indicó que él no era el autor de la nota, por lo que tampoco se hacía responsable de su publicación. El reportero en ocasiones enviaba sus notas por fax cuando se encontraba lejos del diario y le resultaba imposible llegar a tiempo a la Redacción para entregar el material; Poncho lo sabía y por eso había osado intentar que una nota suya apareciera en el *Diamante* con la firma de aquel a quien admiraba. No obstante haber fracasado en el intento, el dependiente seguía escribiendo sobre informaciones que lograba por su cuenta; nunca las publicaba ni se atrevía a buscar trabajo de reportero porque se achicaba ante la presencia de su amigo; "soy bueno, pero estando Pancho, siempre seré el segundo", se decía internamente a manera de broma; por eso se conformaba con escribir para sí mismo y leer de vez en cuando sus notas, las que guardaba en algún rincón de su hogar.

En las instalaciones del Servicio Médico Forense (Semefo) de Acapulco, aún se encontraba el cadáver del desconocido cuya fotografía fue publicada en la edición de este día del *Diario Diamante*. Pancho había acudido a tomar algunas imágenes más; lo hizo desde distintos ángulos como buscando algo en particular.

Más tarde, se dirigió a las oficinas de la discotheque ACA DISCO en busca de René Balbuena. Luego de anunciarse y de permitírsele la entrevista con el hombre de negocios, éste le recibió con su característica amplia sonrisa.

- Buenas tardes -dijo al reportero estrechando su mano- siéntate por favor, ¿en qué puedo servirte carnal? ¿Alguna nueva promoción para mi *disco*?, la más reciente que me hicieron en tu periódico tuvo mucho éxito.

- ¡Jum!... Yo no trabajo en la sección Espectáculos, sino en la Policíaca; mi nombre es Francisco Gasca -rectificó el reportero mostrando su credencial que así lo acreditaba-, y me gustaría hacerle algunas preguntas... es decir, si está en disposición de cooperar con un asunto muy delicado.

- ¿Reportero de Policíaca?, pero si yo no he matado a nadie -contestó en son de broma-, disculpe, así soy, pero... a ver explíqueme.

- Lo que sucede es que cubro la información sobre el asesinato del señor Juan Córdoba.

- ¿El hotelero?

- Así es y...

- ¡Así es que usted es Francisco Gasca, el de las notas exclusivas! Ya lo había leído y, la verdad, ¡felicidades!, es muy bueno para hacer su trabajo, pero... ¿yo qué tengo que ver en el caso?

- No precisamente...

- ¿Entonces?

- Mire, voy por partes. Algunos reporteros acostumbramos tener ciertas amistades, gente que anda por allí, en la calle, sin un oficio claro... usted comprende, ¿no?; a veces nos pasan cierta información de lo que ocurre en la vida cotidiana, o sea... nos dan algunos *pitazos* que luego investigamos por nuestra parte. En el bajo mundo, que tiene muchos niveles, todos se conocen entre ellos independientemente de la actividad, delictiva o no, a la que se dediquen.

- Eso ya lo comprendí, pero sigo sin entender qué papel juego yo en esto.

- Permítame. Sucede que uno de los clientes asiduos a su discotheque es, según mis conclusiones, el principal sospechoso del homicidio.

El hombre de negocios mostró en el rostro cierta sorpresa, y enseguida se repuso para contestar con seriedad.

- Mira *carnal*, las puertas de mis negocios están abiertas para todos; no les podemos andar preguntando a qué se dedican, y así sucede en cualquier parte del mundo.

- Lo sé, sólo quisiera saber si un tipo apodado *El Negro* ha acudido a este lugar últimamente.

- ¡Jajaja! ¡Qué pregunta! Estamos en Acapulco y aquí hay cientos de cabrones apodados así.

- Bueno, sí, pero éste es especial...

- ¡Joven, yo no puedo clasificar a mis clientes! Para mí todos son iguales, ¿qué se trae conmigo o mis negocios? Todo lo que ve aquí lo obtuve lícitamente, no me vaya a querer involucrar con gente que anda delinquiendo por allí.

- No se incomode por favor. Escuche: Estoy casi seguro que el que yo investigo, de nombre Julio, es el autor intelectual del secuestro del júnior Johnny.

Cuando escuchó el nombre de su amigo, René contuvo su respiración para no delatar la amistad que lo une con el hoy sospechoso, y preguntó para salirse de zona incómoda:

- ¿Y por qué no lo denuncia?

- Porque no tengo pruebas y porque además no es mi función; a mí lo que me interesa es lograr información para mi reportaje, la Policía que haga su trabajo y yo el mío.

- Pero yo también tengo trabajo y usted me está quitando mucho tiempo y, le repito, mis clientes son eso, mis clientes; no debo meterme en sus vidas privadas, así es que, si eso es todo por su parte, le voy a rogar que continúe su investigación en otro lado, porque aquí, le aseguro, no hay información que le sirva a usted.

- Está bien señor Balbuena, le ruego que me disculpe. Le dejo mi tarjeta por si recuerda algo que me pueda ayudar.

- No, discúlpeme usted a mí, no pude cooperar en este caso que, la verdad, me llamó la atención; el señor Córdoba era mi amigo y su hijo constantemente venía a bailar al ACA DISCO, ojalá se resuelva el caso.

- Bueno, con su permiso.

- Es propio, hasta luego.

Luego de un apretón de manos, el reportero salió no muy satisfecho con la información lograda. Llamó a la oficina en donde Lulú ya esperaba, impaciente, su llamada.

- ¡Hola preciosura! -dijo Francisco al auricular-, ¿está por allí el jefe?

- Sí, en seguida te lo comunico...

- No, espera... sólo dile que me aparte un buen lugar, que ya casi tengo a los secuestradores y a los asesinos.

- ¡Dios mío, Pancho! ya por favor olvídate de esos, te pueden matar.

- ¿Qué pasó con esos malos augurios? Mejor ponte lista para el domingo, te voy a llevar a nadar por allí y, bueno, de momento te dejo porque tengo *chamba*.

La joven, siempre enamorada del periodista, no pudo ni contestar por la impresión de tan inesperada invitación que más bien pareció orden, pero qué importa... se quedó soñando con la posibilidad de tenerlo varias horas sólo para ella.

En tanto, Francisco se preparaba para lograr una información que complementaría a la que ya tenía preparada para consolidar otra gran noticia.

Entrada ya la noche, luces de todos los colores y efectos volvían, como siempre, a realzar la belleza de Acapulco. Francisco se preparaba para acudir a una importante cita pero, antes, decidió comer algo, por lo que llegó a un pequeño restaurante conocido como *El chivo borracho*.

- ¿Qué ondas *Garnachas*?, -dijo a uno de los anfitriones del lugar- ya no te había visto, ¿dónde te metes?

- Tú eres el que no visitas a los pobres desde que te volviste la estrella del *Diamante* -respondió sonriente al tiempo que ofrecía la mano al reportero-, ¿y tú qué haces?

- Pues en chinga, trabajando.

- ¿Trabajando?, ¿*pos* qué la vas a hacer de mesero ahora? Estamos completos, te advierto.

- ¡Jajaja! No, qué va, sólo pasaba a echarme un taco, por cierto, échale un grito a uno de los meseros... o mejor a una mesera, jejeje.

- ¡No cambias, cabrón! Mira, mejor yo te atiendo, ¿no?, aunque no me des propina.

- Pues sí, recomiéndame algo ligero... tú sabes.

- Te voy a ordenar unos tacos especialidad de la casa, vas a ver qué chingones están y, así, quedas invitado, a ver si así vienes más seguido a ver a los amigos.

- ¡No seas cabrón, a veces te visito seguido!... Ok, ordena eso y enseguida vienes para cotorrear...

El restaurante *El chivo borracho* estaba a unos metros del ACA DISCO, por eso había optado Francisco Gasca por acudir a este lugar; además, tenía la intención de saludar a su amigo. Se habían conocido algunos años atrás, ya que el *Garnachas* durante un tiempo había trabajado en esa discotheque, de donde el reportero era cliente asiduo antes de trabajar para el *Diario Diamante,* al que hoy le dedicaba casi todo su tiempo. Conversaron largo rato sobre sus respectivas andanzas; ya cerca de las once de la noche el reportero había dado cuenta no sólo de los tacos, sino además de algunas cervezas; al checar su reloj, se percató de que era hora de entrar en acción, por lo que decidió despedirse de su amigo.

- Bueno, chavo, ahora sí me voy...

- ¿Y eso?, ¿por qué tan pronto?

- ¿Pronto, cabrón?, ya estuvimos aquí cotorreando como cuatro horas; me quedaría, pero el beber... digo, el deber, me llama.

- Sale, chavo, ni modo... ¿cuándo vienes para echar desmadre?

- Voy a estar un rato en el ACA DISCO, si quieres ahí nos vemos.

- No creo que pueda, *man,* mejor otro día me caes por aquí.

- Sale pues, nos vemos.

- ¡Órale, mi Pancho!

Media hora más tarde, Julio, *El Negro,* llegaba una vez más a la *disco* buscando relajarse con el inmejorable ambiente que comenzaba ya en ese lugar que tanto disfrutaba. Luego de ordenar un trago al mesero, acudió al tocador; al estar frente al espejo se dijo: "hoy vengo en plan de ligue"; se alació el cabello y la barbilla, y se acomodó el cuello de la camisa. Al regresar, encontró a alguien sentado en su mesa; "¡qué pedo, yo vine sólo!", pensó. Llegó ante la persona que ocupaba su lugar, y se colocó de frente...

- ¡René! Ya me habías asustado.

- ¡Quihúbole *Negro*! —Respondió y se paró para saludarlo, como de costumbre, con un fuerte apretón de manos.

- ¿Puedo sentarme?, jajaja.

- Claro, es tu mesa, yo soy el que llegó de intruso.

- ¡Nel!, para eso somos cuates, además tú eres aquí el patrón, jejeje.

- Oye, *Negro*, necesito hablar seriamente contigo.

- ¿Seriamente?, jajaja, no me espantes, cabrón, a ver dime…

René Balbuena contó a Julio sobre la visita del reportero a su oficina, pero evitó hablarle sobre las suposiciones respecto a que pertenece a una banda criminal. Pero sí le advirtió que la prensa investigaba sobre él. *El negro* se mostró tranquilo, parecía que la noticia no le inmutaba y sólo agradeció al hombre de negocios la información. Tomó de un sorbo la copa, y se disculpó para retirarse del lugar. Desechó así la idea de pasar una noche de *ligue* con la que llegó a la *disco*.

- Ahí me lo apuntas, ¿no? —dijo mientras se ponía de pie.

- Está bien, ya sabes que aquí siempre hay crédito para la gente como tú. Hasta luego mi *Negro*.

Se despidieron con fuerte abrazo, como presintiendo que tal vez sería el último en mucho tiempo, o que quizá ya no se volverían a ver.

Mientras bajaba las escaleras del lugar, el maleante marcaba un número desde su teléfono celular, un Nokia 1011.

- ¡Chalo! -dijo en tono molesto ante el auricular-, ¡ven acá inmediatamente! Te espero junto a la fuente de La Diana Cazadora.

Colgó y se dispuso a esperar a su segundo en mando en su lujoso automóvil; ignoraba que su presencia había sido vigilada desde que estaba en la *disco* por Francisco Gasca, el reportero, quien aún lo miraba a escasos metros. Llegó el *Chalo* y abordó la unidad móvil.

- ¡Este cabrón periodista ya me colmó la paciencia! Así que... desaparécelo... no, mejor tráemelo vivo.

- Está bien jefe, esa orden ya la estaba esperando, aunque más bien esperaba que me diera chance de madrearlo, pero usted sabe lo que hace... quizá sea mejor darle una calentadita antes de chingarlo.

- Te doy 24 horas, a partir de ahorita, para que me lo tengas. No me falles, cabrón.

El Chalo no respondió; miraba fijamente el espejo retrovisor con cara de sorpresa.

- ¿Qué te pasa? ¿Me escuchaste?

- Perdón, jefe... ¿cuántas horas me está dando para entregarle al reportero?

- Veinticuatro, es lo que dije.

- ¿Y si se lo entrego de una vez?

- ¿Qué dices?

- Mire, no se mueva de aquí, mantenga sin seguro las puertas... voy a bajar del auto y haré como que ya me voy, rodearé La Diana para llegarle por la espalda; el reportero está ahí, junto al puesto de *Hot Dogs* ... voy por él.

El *Negro* miró por el espejo y vio a Pancho Gasca, haciéndose pasar como un cliente más, pero mirando de manera insistente el auto, por lo que no vio cuando el *Chalo* se acercó por atrás, lo abrazó de manera amistosa para no despertar sospechas, y lo llevó hacia el auto con amenaza de pistola la cual mantenía oculta; lo subió, le cubrió los ojos con un paliacate, y se alejaron de ahí. Todo pasó muy rápido.

Capítulo 6

CAUTIVERIO Y CATÁRSIS

Cuando le fue retirado el obstáculo de su vista, el reportero no podía creer a quien tenía frente a sí: El *júnior*, el *Johnny*, estaba ahí, atado de manos y pies, temeroso...

- Ahí tienes al objeto de tu deseo... ¿no querías saber de él? Se te hizo realidad... lástima que no lo puedas entrevistar para tu periodicucho, porque de ésta nadie sale vivo –le dijo *El Negro*.

- Creo que usted está en un error, señor... yo no tengo nada contra usted...

- ¿No, cabrón?, la Policía anda tras de mí... ¡ya te chingaste, güey!, tu última noticia ya fue escrita, pero antes, te voy a meter una calentadita que no olvidarás en tu vida... o en tu muerte. Pero para que veas que soy camarada, los dejaré un rato para que terminen de conocerse. Ya me dio sed.

El delincuente abandonó en ese cuarto a los prisioneros y se reunió en otra estancia con el *Chalo*, quien ya servía las copas y ponía algo de música. Se alcanzaba a escuchar la banda estadunidense *Tavares*, con su éxito *Heaven must be missing an Angel*, que lanzó en 1976.

Francisco se quedó pensativo; ni siquiera intentó –de momento- entablar plática con su compañero de cautiverio, quien sólo lo miraba sin entender qué pasaba.

71

El audaz y siempre alegre periodista no recordaba la última ocasión en que sintió inseguridad o miedo, o si hubiera siquiera pasado por esas experiencias. Siempre manifestaba optimismo frente a los demás, sobre todo ante sus compañeros de trabajo, a quienes ofrecía su hombro cuando tenían algún motivo de preocupación, a quienes daba siempre palabras de aliento; les decía que los problemas, grandes o pequeños, siempre tenían solución, o que habría algunos que no se solucionarían pero que el tiempo se encargaría de ellos. A lo largo de su aún joven vida había escuchado filosofía de vida suficiente como para enfrentar casi cualquier situación; había leído libros sobre superación personal, psicología e incluso algunos de tipo espiritual que, se supone, ayudan a vivir de la mejor manera lo que a uno le toca vivir y que… así es la vida… cuando pasan cosas que uno no espera o que le perjudican, porque no siempre se gana, no siempre salen las cosas como uno las planea o como uno quisiera. "Sí, así es la vida", se dijo no muy convencido de aceptar su incómoda realidad actual.

En estos momentos parecía entender muchas cosas como si recién hubiese nacido; se dio cuenta de que no se trataba de sólo escuchar a buenos maestros y entenderlos; que no se trataba únicamente de leer y comprender a fondo buenos libros, revistas o folletos, sino que lo más importante, al final del día, era poner en práctica eso que escuchas y lees, aterrizar toda esa filosofía en momentos como éste, en que parecía que no había salida, que ya todo estaba perdido.

Leer, ver y escuchar… comprender… y aplicar. Ahora comprendía de otra manera el significado de la vida.

De pronto una luz se infiltró en sus pensamientos, una ligera esperanza acudió en su ayuda… pero primero habría que salir de ésta… se relajó; sabía que de momento nada podía hacer y que, si se presentaba alguna oportunidad, ya vería de qué está hecho… nada ganaba con preocuparse: si había solución, la tomaría, si no… nada podría hacer, sólo aceptar lo que no puede cambiarse; la tranquilidad recién recobrada le permitió muy pronto conciliar el sueño. "Mañana será otro día… otro comenzar", murmuró antes de quedar completamente dormido.

Amanecía, y los cómplices seguían la parranda. Durante la noche hablaron de todo: mujeres, dinero, fechorías cometidas a lo largo de sus carreras delictivas. Rememoraron momentos de gran diversión, de grandes éxitos; hablaron de un futuro prometedor, hicieron grandes planes, sueños de grandeza… y ahora hablaban del pasado… de su triste origen… muy triste y hasta desgarrador…

- Mi padre murió –dijo el *Chalo*- yo era un niño… de hecho, lo mataron en una cantina… a mi corta edad juré vengar su muerte; mi madre, para consolarme, me decía que yo lo lograría, que tuviera paciencia. Pero después llegó a nuestras vidas quien sería mi padrastro; este cabrón decía que yo estaba pendejo cuando hablaba de mi venganza… me golpeaba cada vez que podía, y mi madre nomás miraba, me decía que no le respondiera, que ese hombre nos daba de comer y que era dueño de nosotros; -una lágrima asomó en la vidriosa y roja mirada del delincuente, quien continuó su relato- en una ocasión vi cómo golpeaba a mi madre: enredó

73

su larga cabellera en su puño izquierdo mientras con el derecho daba puñetazos a su rostro, con furia… yo tenía diez años, y aunque había soñado con llegar a los 18 para sentirme hombre y comenzar mi venganza, no soporté más y tomé una botella de tequila que estaba sobre una pequeña mesa en la que acostumbraba embriagarse… golpeé tan fuerte su cabeza que la botella se quebró; la sangre se confundió con el tequila; en mis manos quedó un pedazo de vidrio en forma de daga y, antes de que mi padrastro reaccionara, lo hundí en varias partes de su cuerpo, que ya estaba tendido sobre el suelo, hasta que me cansé. No me di cuenta en qué momento murió; yo estaba como loco… y salí de esa casa para nunca más volver… no supe más de mi madre, me refugié debajo de los puentes junto a otros chamacos que ahí vivían, que habían salido de sus hogares obligados por cualquier tipo de problemas… ellos fueron mis hermanos durante algunos años; con ellos aprendí a defenderme de cualquier cabrón; ya nunca más sería golpeado sino que sería yo quien golpeara a los demás; la vida me debía muchas y yo se las iba a cobrar a quien pudiera. Pero llegó usted patrón… y me sacó de ese puente; recuerdo que le cuidé su auto mientras usted iba a hacer sus cosas… era un auto chingón… hasta se lo lavé por fuera, aunque usted no me lo pidió, y cuando lo vio relumbrando, usted me sonrió y me lanzó la invitación… "¿quieres trabajar para mí?", y respondí de inmediato que sí. Y aquí me tiene, como su brazo derecho, usted es el único que me ha hecho sentir importante, por eso yo daría la vida por usted, patrón.

- Pues yo no la he tenido fácil –secundó el *Negro,* quien con dificultad abría los ojos por el cansancio evidente debido a no haber dormido durante toda la noche- de niño aspiraba a ser un gran futbolista; ya en mi juventud me di cuenta que era muy bueno para este deporte, así me lo decían los camaradas del barrio; pero un día mataron a uno en mi colonia, en el campo Crescencio Medina, de Las Cruces, y me culparon porque era el único con piel de color, el único negro; algunos que yo consideraba que eran mis camaradas, mis amigos, atestiguaron en mi contra… una vez preso, fui agredido, torturado, por órdenes de los familiares del difunto… nunca olvidaré los días en que no podía ni dormir por los dolores de huesos fracturados… o rotos, debido a las severas golpizas que me daban entre dos, tres o cuatro cabrones… pero un día salí… mi juventud había quedado atrás… busqué trabajo, pero nadie confiaba en mí porque decían que era un asesino peligroso… ni siquiera mis familiares me quisieron de vuelta a casa, porque se unieron a aquellos que me señalaban como "El Negro asesino", "¡El Negro asesino!", "¡El Negro asesino!", "¡El Negro asesino!" –golpeó con su puño la mesa mientras un torrente líquido ya escurría de sus ojos- son palabras que me taladraron el cerebro… y ahí se quedaron… y sí, me volví asesino, asesino despiadado… si la sociedad veía en mí a un asesino, pues bien, le entregaría a un asesino; aquellos que me acusaron, aquellos que atestiguaron en mi contra, eran los responsables de mi suerte, de mi perra suerte, por eso fueron los primeros en morir… cada que asesinaba a uno más, crecía mi sed de sangre hasta que se convirtió en un modo de vida… no pude ser un gran deportista pero sí un gran asesino, y comencé a matar por dinero, de algo tenía que vivir; después armé mi propia manada de asesinos y ahora tengo una manera de ganarme la vida, si bien no digna, sí muy productiva, y ahora hasta me independicé y ya tengo negocios lícitos: bares, restaurantes… ¿qué más puedo pedir? Quizá limpiar mis manos de tanta sangre… pero es imposible, ya estoy aquí, en esta carrera, y de aquí no me muevo… hasta que me toque *entregar el equipo*…

El reportero, pegado a la puerta, había escuchado esta parte de la charla, y se quedó confundido; de pronto la perspectiva con que veía la vida cambió; incluso la filosofía sobre la que basaba su carrera periodística dio un viraje; siempre creyó en lo que había visto en las películas de policías y ladrones; siempre creyó que el mundo se dividía entre buenos y malos, así nomás; como si unos eligieran ser malos porque eran seres oscuros, sin entrañas, sin sentimientos, y que deberían ser segregados, en automático, de la sociedad, esa sociedad buena, obediente de las leyes, pacífica…. Pero no, no se trataba de andar persiguiendo y encarcelando culpables como si fueran basura que echas al contenedor, que trituras y echas al olvido como si no valiera igual que cualquier otro… ahora comprendía que, finalmente, también son seres humanos, con sus propios conflictos internos, con sueños… la mayoría incumplidos por causas ajenas. ¿Buenos contra malos?, no, aquí había algo que no estaba claro, reflexionó. Y la sociedad… ¿qué tan buena es esa sociedad… o que tan culpable? Reflexionó… y dudó.

Cerró sus ojos, respiró profundo… luego exhaló lentamente el aire… pensó en todas esas gentes a las que conoce… e incluso a las que no conoce, que ve en todas partes, en las calles, en las oficinas, en los parques… algunas aparentemente haciendo cosas que son calificadas por los demás como buenas… o malas, y se preguntó si esas acciones tienen qué ver con una personalidad con la que nacieron y eligieron a su libre albedrío… o si la diseñaron quienes están alrededor… el entorno… la infancia… la familia… y de pronto se vio a sí mismo cuando era niño, con esa carencia de cariño; recordó que sus padres nunca le dieron un abrazo ni le susurraron un "te quiero"… ese recuerdo le provocó un dolor interno que no había experimentado, porque inconscientemente lo había olvidado, quizá para protegerse… para no sufrir… y encontró ahí la razón por la que era extrovertido, eufórico, siempre buscando destacar sobre los demás; en el fondo, no era su intención hacer bien su trabajo de reportero como mero resultado de su profesionalismo, sino que ansiaba el aplauso, el reconocimiento que no tuvo cuando niño, por eso buscaba siempre la noticia de *ocho columnas* porque así llenaba un vacío interno, se sentía admirado… y eventualmente querido, amado… o quizá lograba el sentimiento más parecido a lo que él concebía como amor… y recordó a Lulú, quien lo trataba con ese amor que no podía ocultar pero que él no se atrevía a aceptar ni rechazar de manera tajante, porque ahí estaba Martha, quien también manifestaba cariño por el reportero… sabía que tenía a dos admiradoras, y que si se decidía por Lulú, perdería a una… y pensó en Lulú de nuevo… un sentimiento de nostalgia lo envolvió… ¿sentía por ella un amor que hasta hoy se había negado a reconocer? Buscó la respuesta así, con los ojos cerrados… Minutos más tarde, quedó sumido en un profundo sueño; el Johnny, que había estado callado durante toda la noche, le imitó.

Francisco Gasca despertó al escuchar los gritos en el cuarto donde estaban sus captores; por los fuertes golpes, adivinó que una puerta había sido derribada y el temor se reflejó en su rostro... sus ojos se abrieron a más no poder al ver un arma apuntando frente a él, pero se calmó cuando identificó las placas de Policía en el pecho de aquel hombre. Sintió que volvía a la vida; pronto fue liberado de sus ataduras y sacado de esa casa de seguridad de la colonia Costa Azul... pero ¿y Johnny? No estaba junto a él cuando despertó. Afuera, vecinos curiosos ya hacían presencia; también había llegado Lulú, quien al verlo corrió hacía Pancho para darle un fuerte y efusivo abrazo; ella lloraba, había temido por su vida.

Ahí estaba también el *Garnachas*, su amigo del restaurante, quien vio en el reportero una actitud sospechosa cuando conversaban horas antes, por lo que lo siguió a cierta distancia cuando salió de *El Chivo Borracho*; sus sospechas crecieron cuando, no obstante haber cenado, pidió una orden de *Hot Dogs* mientras vigilaba insistentemente aquel auto en donde más tarde fue plagiado, acción que atestiguó y tras la cual acudió a las oficinas del *Diario Diamante* y lo comunicó a Lulú, ésta informó al jefe Sarabia y éste a su vez acudió a la Policía para intentar ubicar el auto cuyas placas habían sido tomadas por el *Garnachas*. Gracias a esta información el reportero y el *junior* fueron liberados.

Más tarde, el reportero se enteró que sólo había sido capturado el *Chalo*, quien confesó que su jefe se había retirado a otra zona de la propiedad llevando consigo al júnior Córdoba, desde donde seguramente habría huido al percatarse de la presencia de la Policía, ya que contaba con una salida trasera para fugarse en casos como estos.

Pasaba el mediodía y, Pancho, tras las diligencias judiciales de rigor, fue acompañado a su domicilio, en la colonia Progreso, para que se aseara y descansara un poco, y más tarde se reportaría al *Diamante*; por su parte, la familia de Johnny recibió una llamada telefónica en la cual le advertían que aún tenían un asunto pendiente, y que el rescate aumentaría de suma... que de momento no habría comunicación, pues dejarían *que las cosas se enfriaran.*

Capítulo 7

GÉNERO PERIODÍSTICO

El movimiento característico del puerto acapulqueño a primera hora incluía no sólo a quienes acudían a laborar a los distintos hoteles, restaurantes, tiendas de ropa, agencias de viajes u oficinas de gobierno, sino también a quienes ya voceaban las principales noticias aparecidas en los diarios de la localidad; una llamaba la atención desde la garganta de un adolescente: "¡Detienen a uno de los asesinos del hotelero!"; desde luego, la nota aparecía en el *Diario Diamante* y firmada por Francisco Gasca. Los ejemplares prácticamente *volaron*.

En las oficinas del periódico, Sarabia sostenía con firmeza el impreso del día mientras miraba fijamente a Francisco Gasca, quien al parecer ya veía venir el reclamo; luego de unos instantes, el jefe de Información lanzó el cuestionamiento.

- Anoche me sentía un poco cansado luego de los acontecimientos en los que estuviste involucrado y que nos tuvo preocupados, por eso me retiré temprano y dejé instrucciones para que tu información, viniera como viniera, sin que pasara por supervisión alguna, fuera puesta como principal, porque yo puse la confianza en ti, ¡y me sales con esto! –Le dijo mientras mostraba la nota del día. ¿De qué crees que se trata?

- Pues… de mi colaboración de hoy…

- Mira Pancho… sabes a qué me refiero…

- No, no sé, pero soy todo oídos… dígame, jefe.

- Sé que te estás haciendo el *occiso*, pero voy a seguirte el juego, voy a leerte algo que aparece en tu nota y quiero que me digas qué significa: "El detenido, acusado de complicidad en secuestro y homicidio, Gonzalo Bárcenas, conocido en el bajo mundo como el *Chalo*, tuvo una infancia llena de sufrimientos; padeció la muerte de su padre desde que era un niño y después los golpes de su padrastro; sobrevivió varios años bajo los puentes de Acapulco en donde pasó noches de frío invierno y peligros junto a otros compañeros de desgracia…" ¿Esto lo escribiste tú, Pancho?

- Pues, sí…

- ¿Tú Pancho? Eres el reportero que persigue, sin ser policía, a los malos, a la lacra de la sociedad, a los que deben ser castigados, los exhibes como lo que son, y ahora resulta que estás cautivo unas horas y de repente te entra el Síndrome de Estocolmo, te muestras compasivo y benevolente con tus captores. ¡Qué te pasa, o qué te pasó en ese lugar!

- ¡Eso estoy haciendo, exhibiéndolos! Pero no como hasta hoy creía que lo hacía de manera correcta, prejuzgando, dando por hecho que se trataba de alimañas ponzoñosas que habían elegido su destino de manera arbitraria; los estoy exhibiendo como lo que son: gente como uno, como tú o como yo, con defectos y con virtudes, con malas acciones, pero también con buenas intenciones, pero quizá éstas fueron enterradas por la fuerza de la maldad que hoy ostentan, porque no quieren mostrar sentimientos que los hagan ver débiles ante la gente con la que hoy conviven en un mundo donde impera la ley del más fuerte, el más atrevido, el más cínico, no el más bondadoso.

- No puedo creer que te hayamos perdido, que hayamos perdido a un reportero sagaz, aguerrido, lo que le ha gustado a la gente que lee nuestro diario.

- Mira Sarabia, yo sigo siendo el mismo reportero echado hacia adelante, con las mejores notas, pero con otra perspectiva, trabajando el género periodístico de una manera más apegada a la realidad y con respeto de los derechos humanos, ¿no debería ser eso el periodismo?, ¿tenemos que seguir viviendo de la sangre y la violencia hasta en la forma de escribir una información porque creemos que eso es realmente lo que gusta a la gente?, ¿tenemos que hacer apología de la violencia?, ¿qué de positivo hemos entregado a la sociedad con esta actitud? ¡Sólo morbo!

- No, por supuesto que no estás trabajando adecuadamente el género periodístico que siempre has explotado con maestría, más bien estás inventando el tuyo; y sí, nos debemos a la gente, a los lectores, por eso les hemos dado, por años, lo que piden, y tú lo sabes mejor que nadie; mira, en estos momentos estoy leyendo algunas cartas enviadas al buzón en donde preguntan sobre tu salud, pero también manifiestan extrañeza por la manera en que abordaste el último caso.

El jefe de Información, quien ya había abierto previamente la correspondencia, pasaba su vista de hoja en hoja a las que parecía leer de manera apresurada y poco a poco fue cambiando el semblante; miraba con cierta extrañeza los mensajes... de pronto guardó silencio, respiró profundo... y habló con cierta resignación.

- Lo volviste a hacer... ¡no cabe duda que eres un cabrón!

- ¿Qué pasó *boss*? Eso ya lo sé, que soy mucha *pieza*, pero aun así no comprendo; primero me regaña y... ahora ya no entiendo nada.

- Sí, mira, había leído un par de cartas en las cuales los lectores manifestaban extrañeza, pero no desacuerdo, pero al ver a la gran mayoría me he dado cuenta de que realmente hay euforia por la nueva forma en que abordaste el caso del *Chalo*, ¡y hasta te felicitan, cabrón!

- ¡Chingón!, ¿no?, sabía que estaba haciendo lo correcto, aunque, confieso, no estaba seguro hasta dónde íbamos a llegar en esta aventura.

- Mira, tenemos que tomarlo con calma; aún tengo que tratarlo con el director, quien ya me citó y lo veré en un par de horas; supongo que me pedirá explicaciones sobre el tema, así es que aún nos queda ver qué opina.

- El director es muy quisquilloso, muy tradicional; será difícil hacer que acepte esta incursión.

- Mira, por mi parte, defenderé el proyecto hasta con mi puesto; confío en él porque a los lectores les agradó, y le voy a atorar con todo; deja esto en mis manos y, de momento, ve a reportear... más tarde te llamo para comunicarte los acuerdos.

- Sale jefe, me lanzo a la calle y... le deseo suerte con el gruñón.

El reportero se dio media vuelta y salió del despacho privado de Sarabia; ya en la sala de Redacción, Lulú se puso de pie al verlo y caminó a su encuentro.

- ¿Qué pasó?, me tenían con el pendiente. ¿Todo bien?, ¿qué te dijo de la nota de hoy?

- No te preocupes chaparrita de oro, creo que todo va a salir bien, así es que ¡mejor dame un abrazo!

La joven tuvo que hacer un esfuerzo para poder abrazar a Pancho, unos diez centímetros más alto que ella; se recargó en su hombro con ternura... Él la retiró con suavidad.

- Ya pues, que nos están viendo, y luego las otras se ponen celosas, sobre todo la Martita.

- Ya vas a comenzar con tus cosas para hacerme enojar; no seas así... estoy feliz un momentito y luego me bajas a mi realidad.

- Es broma, ya sabes que eres la consentida... y ahora me voy, porque tengo harta chamba; debo desquitar el día que no trabajé. Nos vemos más tarde… ¡ah! Y queda pendiente esa cita que tenemos, no se me olvida.

Mientras se alejaba, la chica no le quitó esa mirada de amor que siempre tenía para él. Le agradó que fuera Pancho quien le recordara esa salida que quedó pendiente; para ella, era alimento puro para sus esperanzas de que algún día tuvieran algo más que amistad y la idea de un amor imposible…

Minutos más tarde, el reportero hacía una inesperada visita a la zona conocida como Cine Río, en particular al puente que atraviesa la avenida Cuauhtémoc y que queda casi frente al también famoso cine Variedades. Llegó a la parte baja con varias tortas y refrescos; los jóvenes que ahí estaban, que ahí duermen, conviven y viven, lo miraron con cierta desconfianza; él les lanzó una sonrisa amigable y los saludó.

- ¡Qué ondas! Vamos a echarnos unas tortas, yo invito.

- ¿Qué ondas de qué? ¿Por qué te metes acá y traes comida? —Lo encaró quien parecía ser el de mayor edad- ¿Quién te mandó, ese? ¿Los del DIF o la *poli*?

- Nel, cómo crees, yo no me junto con la *chota*, ya ves cómo es de cabrona. Les voy a decir la neta, hoy es mi *cumple* y no tengo con quien festejar…

- No tienes con quien festejar… ¡Ja! Si luego luego se ve que eres de familia, vienes bien vestidito y hasta con zapatos… ¿nos quieres engañar, o qué te traes, cabrón?

85

- Nel, esos, miren, lo que pasa es que me peleé con mi familia y me salí muy encabronado, y les dije que no iba a estar en mi fiesta de cumpleaños y que mejor me iba reunir con mis cuates...

- Pero nosotros no somos tus cuates, ni te conocemos.

- Pos no, mis cuates fueron a mi fiesta, allá están todos... pero qué importa, yo quiero que hoy ustedes sean mis cuates... ¿o se van a rajar?, si no quieren, pos me voy y echo estas tortas a la basura.

Los jóvenes, que vestían pantalones cortos, raídos, despintados y con suciedad de varios días... o semanas, algunos con playera y otros sin nada que les cubriera la parte superior de su cuerpo, se miraron unos a otros como buscando acuerdos de manera democrática... finalmente uno de ellos dijo algo que tranquilizó a Pancho.

- Nel, pos ya estás aquí, saca las tortas, te vamos a hacer el *paro*.

- ¡Jajaja! Pos ya vas, ¡a darle! —Respondió entusiasmado el reportero- festejemos mi cumpleaños aunque no haya pastel.

Francisco se acomodó en una de las piedras que esos niños y jóvenes improvisaban como sillas, y comenzó a repartir lo que traía en varias bolsas; muy pronto cada uno saboreaba una exquisita torta y un refresco; después improvisaron un convivio como si fuera realmente una fiesta de cumpleaños, e incluso cantaron *Las Mañanitas* para el *festejado*. El reportero no recordaba haber participado en algún convivio en el cual se sintiera tan eufórico, en donde hubiera tal camaradería y sinceridad entre los asistentes; eran seres a los que, lejos de lo que se ve en convivios sociales, no les importaban poses, ni la forma en que decían lo que sentían, o cómo opinaban de tal o cual tópico… o persona. Eran seres auténticos, como pocos se pueden encontrar allá, en su ambiente cotidiano, en la sociedad en la que se desenvolvía. Fue una tarde especial, no cabía duda.

La visita a este lugar respondía a lo que escuchó del *Chalo* durante su cautiverio, quien había manifestado que se había refugiado en estos lugares cuando salió de su casa tras haber asesinado a su padrastro, y quiso saber un poco más sobre lo que aquí se vive. Por eso, más tarde, al bajar los decibeles del festejo, Pancho de pronto se encontró charlando con estos seres desdichados, quienes abrieron su corazón para manifestar su verdad.

- ¿Y por qué no regresan a sus casas los que tienen familia? —les preguntó al escuchar que la mayoría de ellos no estaban solos en la vida.

- Nel, si regreso, mi mamá me va a poner a trabajar — respondió uno de ellos.

- ¿Y por qué no a estudiar?

- Porque dice mi mamá que eso es tirar el dinero, que es mucho gasto, y que mejor debo trabajar para llevar algo para la *papa*.

- Bueno, si ya no se puede de otra, no hay nada de malo en trabajar, después de todo es para ayudar a la familia; además allá tienes un techo…

- Nel, el pedo es que la lana la quiere para mi jefe, él siempre anda bien *pedo* y me quita el dinero; además, me mete unas chingas buenas si no le llevo lo que me exige… y duermo en el suelo, en el corredor, ni siquiera tengo cama… aquí también duermo en el suelo, pero al menos no me están chingando.

- ¿Y el gobierno no ha tratado de ayudarles?

- No… bueno, sí, han venido los del Ayuntamiento, no sé cómo se llamen esos que según ayudan a la familia, los del DIF, pues, pero el otro día me llevaron de regreso a la casa, y me tomaron la foto con mis padres, todos felices, ajá, y cuando se fueron, mi jefe que me mete una madriza de *aquellas*, y por eso me volví a escapar y me regresé acá, con estos que también son mi familia, con quienes sí me llevo chingón y nos apoyamos entre todos.

El reportero siempre había creído que quienes andaban en la vagancia, gente de todas las edades, realmente eran seres sin familia, sin un techo donde vivir, y que por eso deambulaban acá y allá, y pernoctaban debajo de los puentes o en algunos cuartuchos abandonados. Escuchó todo tipo de historias: niños y niñas que habían sido violados por padrastros o parientes; otros más, hijos de alcohólicos y drogadictos, que sólo los usaban para conseguir dinero y mantener así activa su enfermedad y que, en *premio,* les daban golpes y maltratos; algunos otros eran golpeados porque sus padres tenían problemas para criar a sus hijos, eran hombres y mujeres con severos trastornos psicológicos... y la sociedad, la flamante sociedad, pensó, siempre señalando, siempre segregando, viendo de arriba hacia abajo a estas personas, siempre tratándolas como escoria, como algo sin valor, algo que se debe rechazar y apartarse lo más que se pueda... ahora comprendía muchas cosas, no sólo de estos vagabundos, sino de todas aquellas personas que en algún momento habían optado por ejercer conductas de las llamadas anti sociales. ¿Qué culpa tienen realmente aquellos que hoy cometen delitos del fuero común o del fuero federal, incluso?, ¿hasta dónde la sociedad, la propia familia, tiene responsabilidad por esos seres que equivocan el camino?, se preguntó.

El reloj marcaba las 7 de la noche. En la sala de redacción Pancho redactaba las notas que habría de entregar, las de rigor y, por supuesto, la que iría en portada, a ocho columnas, como casi siempre, pero esta última la estaba dejando para el final, porque esperaba una llamada, la cual llegó en ese momento.

- Es Sarabia —le dijo Lulú- toma la llamada por favor.

- ¡Gracias, preciosa! ¿Qué pasó jefe?, ¡no, perdón, no era para usted lo de *preciosa*!, estaba hablando con Lourdes.

La chica sonrió burlonamente al percatarse de la situación embarazosa del joven periodista, y siguió su labor pero atenta a la conversación.

- Sí, jefe... así nos llevamos, ya ve cómo es ella y... ¿para qué soy bueno?, ¿neta?, ¡pos, sobres! Gracias, entonces voy a soltar la que traigo, ya sabe, *la de ocho.*

El jefe de Información había convencido al director de aceptar el género periodístico planteado por Francisco, ya que había concebido todo tipo de reacciones, algunas negativas, pero la inmensa mayoría, positivas y, finalmente, ¿quién o qué en este mundo tiene la aceptación de todos?, ni siquiera aquello que sin duda alguna podría ser considerado en términos generales como bueno o provechoso. Después de todo, era una forma más humana, e incluso justa, de abordar la nota policíaca o la nota roja, como también se le conoce.

TRUNCARON SU CARRERA EN EL DEPORTE; HOY LO BUSCAN POR HOMICIDIO

*El Negro Julio tenía talento para el futbol, pero su color de piel lo convirtió en víctima de la discriminación y, hoy, en victimario del hotelero Juan Córdoba; la Policía tiende un cerco en torno suyo

Una vez más, los ejemplares del *Diario Diamante* se agotaron a las pocas horas de haber salido a la luz pública; en seguimiento a la nota sobre la detención del *Chalo*, cómplice del asesinato del empresario, la nota firmada por Francisco Gasca revelaba a la opinión pública cómo el hoy buscado asesino padeció el abuso social sólo por ser de piel oscura, cómo fue involucrado en un homicidio que no cometió y los sufrimientos que siguieron a su injusto encarcelamiento y luego, tras quedar en libertad, no pudo ser aceptado en una sociedad prejuiciosa, con valores fingidos y con una moral a modo de cada individuo; ¿quién tiene el derecho de juzgar a un delincuente?, se preguntó, y concluyó en que, señalar a una persona que ha incurrido en conductas anti sociales, es como señalar a la misma familia de donde viene y a la sociedad en su conjunto, porque finalmente ¿no es el individuo parte de esa familia y esa sociedad? Por otro lado, el reportero escribió que nada de lo que pasa hoy es casualidad y, los actos, aunque vienen de un libre albedrío, también están condicionados por un pasado; todo tiene un inicio, sigue una cadena de acontecimientos hasta llegar al momento presente, y se atrevió a relacionar aquella muerte, ocurrida hace muchos años, con la del hotelero porque, describió en la nota, que "si no hubieran involucrado a Julio en aquel crimen en su adolescencia, nunca hubiera caído en la cárcel, y muy probablemente hubiera practicado su deporte favorito y, bajo esta premisa, no se habría atravesado en la vida de la familia Córdoba Ordoñez". Esta última apreciación fue severamente criticada, incluso por periodistas tradicionalistas, pero aplaudida por la mayoría de los lectores, lo que le dio tranquilidad porque ¿no son los lectores el objetivo de los redactores de prensa?, ¿no es a ellos a quienes debe servir un medio de comunicación?

Entre los pocos lectores que estaban en desacuerdo por la nota recién publicada, destacaba *El Negro* Julio, quien temblaba de rabia mientras sostenía el ejemplar en sus manos, y ya daba instrucciones al relevo del *Chalo*, quien de momento estaba tras las rejas.

- ¡Este pinche reportero ya se pasó de cabrón!, me exhibió como a cualquier pendejo *negritillo* que anda por allí; ¡yo soy *El Negro!*, no soy cualquier negro, y me las vas a pagar cabroncito. Mira Lázaro, de momento nos vamos a esconder porque la *tira* anda tras de mí, pero no le quites el ojo a ese reportero, no lo dejes ni a sol ni a sombra, y yo te voy a decir cuándo chingarlo. ¡Y no me falles!, ya ves lo que les pasa: uno está muerto y el otro preso, por pendejos.

- No, mi jefe, ya verá que yo sí le cumplo, ¡y ese cabrón va a saber de qué lado *masca la iguana*!

- Mira, hazte cargo de que trasladen al júnior Córdoba a otra de nuestras casas de seguridad, no quiero que esté mucho tiempo en la misma. Nosotros, vámonos a la casa de Pie de la Cuesta, descansamos unas semanas y después volvemos a lo nuestro: por ese reportero entrometido.

En el centro de la ciudad, el aludido se entrevistaba con el procurador de Justicia.

- Mira Pancho, yo respeto tu trabajo como reportero, pero compréndeme, nuestra obligación en materia de transparencia es informar mediante boletines sobre las acciones que realizamos, pero sólo damos a conocer aquello que no ponga en riesgo las averiguaciones; si te permito entrevistar a los detenidos quizá te den información que ni siquiera a nosotros dan, van a quejarse de malos tratos, queriendo simpatizar con la gente, y quizá hasta entorpezcan nuestra labor.

- Sí, yo comprendo perfectamente jefe, pero mire, a mí no me interesan los pormenores del caso, yo no les voy a preguntar si son inocentes, porque no es de mi incumbencia; tampoco les preguntaré si los torturaron al detenerlos, ni a darles consejos, ni abogar por nadie que parezca inocente, porque no es mi función como periodista, lo que yo quiero saber y transmitir a la opinión pública es su historia de vida, cómo fue su niñez, su adolescencia y en qué momento equivocaron el camino, sólo eso, porque es el material con el que trabajaré mi género periodístico.

El funcionario quedó pensativo unos momentos... y preguntó:

- ¿Prometes, como *macho*, que no te meterás con nuestro trabajo? Porque mira, siempre hay periodistas que están chingando: que si torturamos, que si inventamos culpables, que si *chivos expiatorios*, que no investigamos...

- ¡Sí! Ya sé, sé lo que se dice de todos los que trabajan en áreas de seguridad y de procuración de justicia pero, ¿ha tenido quejas de mí durante estos años en que he estado en la nota *roja*?

- La verdad no, siempre has sido una pluma que no se ha metido con nuestro trabajo ni con nadie, que yo sepa; has sido respetuoso, tú siempre en tu chamba, con tus lectores, que por cierto te quieren mucho.... Mira, voy a hacer una excepción contigo porque has sido chingón con nosotros, pero no me vayas a fallar porque ando bailando en la *riata* y, si caigo, no me voy solo, cabrón. ¿Qué dices?

- Que muchas gracias, jefe; sabía que no me iba a quedar mal… y yo, ya verá que no romperé el pacto: yo, con mis historias del pasado… y el presente es todo suyo; las investigaciones no las voy a entorpecer; en primer lugar, porque no debo, y en segundo, porque no quiero.

Un estrechón de manos selló el acuerdo. Ahora el reportero tendría acceso a quienes estuvieran detenidos por cualquier causa; ahora no andaría junto a la Policía buscando cazar delincuentes, que no era su misión, pero le encantaba, aunque por ello peligrara su vida, sino que iría a verlos una vez detenidos, pero ya no le interesaba si eran o no culpables, sino saber cómo habían llegado hasta aquí, qué tuvo que pasar para que comenzaran sus presuntas carreras delictivas.

Francisco Gasca estaba por fin frente a un detenido, a su disposición; podría hacerle cualquier tipo de preguntas, incluso reclamarle por qué hacía tanto daño a sus semejantes, pero no debía ni iba a hacerlo. De hecho, ni siquiera sabía si por estar ahí, en esa celda, el sujeto frente a él debería ser considerado culpable o era uno más que injustamente había sido llevado hasta ese lugar a donde nadie, en sano juicio, quisiera llegar, siquiera de visita.

A diferencia de su acostumbrada forma de pensar, en esta ocasión el reportero no sintió que estaba frente a una persona mala, independientemente de que fuera o no responsable de su actual realidad. El tipo estaba arrinconado, sentado en el frío piso; aunque su postura era de derrota, su mirada era retadora, altiva.

94

Un guardia, que tenía instrucciones de acompañar al reportero durante su estancia en el lugar, hizo un ademán para que el detenido se acercara a las rejas.

- ¿Ya me van a soltar?, ¿quién pagó mi multa?, ¿vino mi papi?, ¿y este señor quién es? —preguntó con una sonrisa que mostraba un estado de victoria.

- No vas a salir aún. Este joven es periodista; quiere platicar contigo… y te pido por favor que lo atiendas -respondió el uniformado.

- Otro cabrón chismoso… estos nomás quieren escándalos para vender sus periódicos. ¿Y si no quiero platicar con él?, ¿me van a obligar?

- Amigo —intervino el reportero- si no quiere hablar conmigo, nadie lo va a obligar y, aunque yo creo que usted es inocente, tampoco estoy aquí para investigar al respecto.

- ¿Usted cree que soy inocente?, ¿en verdad cree eso? —se iluminó el rostro del acusado.

- Sí, yo creo que aunque hayas cometido el delito por el que se te acusa… en el fondo eres inocente… pero eso es lo que menos importa para la ley; además, no soy abogado… y esto no es cuestión de leyes, lo siento mucho.

- Al menos alguien aquí cree en mí; pero dígame para qué chingados está aquí, porque no entiendo ni madres. Además, ya deberían estar aquí los abogados que mandó mi papi.

El guardia se retiró un poco de quienes ya comenzaban la charla, tomó una silla y se sentó sin dejar de observar a la singular pareja. Por un lado, un reportero que recién había incursionado en una variación del género periodístico que no sabía de su existencia hasta hace algunas semanas; por otra parte, un personaje bien vestido, con ropa y zapatos de marca reconocida, manos y uñas bien cuidadas, así como su cabellera que brillaba no obstante la escasa luz que llegaba hasta ese rincón.

- Quisiera, si no tienes inconvenientes, que me platicaras sobre tu infancia, sobre cómo vivían en tu casa, si había carencias…

- ¿Casa?, ¿cuál casa?, teníamos varias… ¿cuáles carencias?, lo teníamos todo, a mí nunca me ha faltado nada, para eso mi papi tenía un gran trabajo en el gobierno y algunos negocios que logró iniciar gracias a sus contactos con gente importante….

En efecto, el periodista estaba frente a un *junior*, y frente a una gran confusión. ¿Cómo era posible que un tipo al que no le faltó dinero, ni cosa material alguna en su infancia, a lo largo de toda la vida se haya convertido en un estafador? Hasta hoy había creído que quienes incurrían en esos delitos eran personas que habían padecido carencias, gente con hambre, que una vez en la etapa adulta tomaron por la fuerza aquello *que les había sido negado en su infancia.*

Es decir, comprendió que para tomar el camino equivocado no se requiere pertenecer precisamente a cierto perfil económico o social... o académico.

Encontró la explicación a lo largo de la charla. El personaje que estaba siendo entrevistado había crecido sin carencias materiales, pero con carencia de cariño y atención por parte de su familia... Recordó cómo su padre violaba constantemente las leyes confiado en sus relaciones de influyentismo y en su dinero; no respetaba la luz roja del semáforo –por citar un ejemplo- y si algún agente vial intentaba infraccionarlo, le aventaba billetes mientras se daba a la fuga, o simplemente decía que era amigo de tal o cual político. O se estacionaba en lugares prohibidos, como son las zonas para personas con discapacidad; todo eso lo veía aquel niño, hoy hombre en problemas, porque aprendió, bajo esa perspectiva, que quien violentaba las reglas o pisoteaba al prójimo, destacaba entre los demás, o que es muy natural abusar de aquellos a quienes consideraba inferiores... aprendió que siempre habría de ganar, si no por las buenas, por las malas.

Al final de cuentas, así había sido educado. Su padre, en respuesta a cualquier inquietud, le daba dinero, objetos costosos, autos –desde la niñez y la adolescencia- pero nunca le dio tiempo de calidad, nunca le dio un consejo o una recomendación para convivir sanamente con la familia o la sociedad... él sólo tenía que pedir, o estirar la mano para recibir lo que quisiera.

Llegó el momento en que su padre le solicitó hacerse cargo de algunos negocios —que a la postre serían suyos- pero él se negó a mover un dedo; decía que por eso su padre había hecho una fortuna, para que los hijos la disfrutaran sin tener que trabajar, y que para eso había muchos empelados, quienes deberían hacerlo por y para la familia. Ante la negativa, su progenitor decidió retirarle ciertos apoyos y privilegios hasta que se los ganara. El joven decidió irse de casa no sin antes negociar una mesada que le permitiría vivir bien, aunque sin los grandes lujos a los que se había acostumbrado, por lo que comenzó a poner en práctica lo aprendido: utilizar amistades de su padre para hacer negocios no muy claros, o para cometer actos fuera de la ley, y cuando tenía problemas con la Policía, ahí estaba algún abogado de su padre para ayudarle. Esto último no le permitió aprender lecciones de vida, ya que seguía siendo protegido de alguna manera por el manto paterno... en alguna ocasión su padre le advirtió que le retiraría su apoyo si seguía metiéndose en problemas... él nunca creyó en esta advertencia, por lo que cada día sus acciones subían de tono, cada vez se metía en mayores problemas... y siempre estaba ahí la mano salvadora de su padre, quien un día se armó de valor y decidió que su hijo pagara las consecuencias de sus actos, no obstante que aquellos eran sólo un reflejo de los suyos, de ese abandono moral al que lo condenó.

En esta ocasión, el joven estaba acusado de un gran fraude, de alcance millonario, y su padre ya no estaba ahí, a través de sus abogados, para salvarle. Estaba solo contra el mundo. El reportero de pronto sintió que había sido falsa toda creencia en el sentido de que el gobierno es el único culpable de que haya ciudadanos efectuando acciones ilegales debido a la presunta falta de programas de prevención... y pensó en los padres, sobre su compromiso irrenunciable de la educación de sus hijos junto al resto de la familia... la célula de la sociedad, la realmente responsable de que anden por allí personajes desorientados, delinquiendo, agrediendo... no hacen falta más policías en las calles, sino padres que se hagan cargo debidamente de su papel como tales... reflexionó.

Al día siguiente, la noticia era comentada en altos círculos del poder político y económico... pero también entre la población de a pie. El artículo no señalaba, no acusaba, no recriminaba sobre cómo era posible que alguien que tenía una familia con posición económica envidiable, haya caído en conductas como el robo y el fraude. Pero sí destacaba esa falta de orientación y educación que se debería dar en casa, esa falta de atención a niños y jóvenes que se repite en todo tipo de hogares.

Definitivamente, el reportero había encontrado una nueva manera de abordar las conductas anti sociales; ya no se trataba de una persecución y exhibición de malos actos, sino se planteaba la hipótesis sobre cómo puede haber mil y un caminos para llegar a delinquir sin importar las circunstancias económicas o sociales, pero lo que sí importaba era la conducta de padres, familiares cercanos y la misma sociedad; importaba cómo fueron moldeando, voluntaria o involuntariamente, a ese ser al que hoy dicen desconocer por sus acciones *que ponen en vergüenza el nombre de la familia.*

Capítulo 8

LA CITA INFORTUNADA

El reportero acudió al bar donde trabajaba Minerva para agradecer las atenciones que le brindó días atrás y para disculparse porque abandonó el lugar cuando ella estaba aún dormida…

- No te preocupes, al menos me dejaste pagada la cuenta… no como otros que ni eso hacen y hasta se han llevado alguna botella aprovechando que soy muy dormilona.

- No sé si vuelva a verte, pero quiero decirte que fue una agradable experiencia estar contigo… gracias por esa tarde… por haber aguantado mi mal humor.

- Eres muy agradable, y entiendo que cargabas un problemita, por eso andabas que no te calentaba ni el sol… aunque yo sí pude hacerlo… jajaja, perdón por mi bromita… creo ya aprendí algo de ti… ve sin preocupaciones, ya estoy acostumbrada a que los hombres sólo desfilen por mi vida…

- No me malinterpretes… yo…

- Vete, no me expliques nada… eres un buen chico… y creo que tienes una gran pena por dentro que dudo que algún día quieras contármela…

- Quizá algún día… quizá no.

- Vas a verte con una chica… ¿es tu chica?

- No sé cómo lo hiciste, pero adivinaste… este día algo ocurrirá que definirá nuestras vidas, lo presiento.

- Te deseo mucha suerte… ve y declara tu amor a esa mujer que seguro está muy enamorada de ti.

- ¿Cómo podrías saberlo?

- Yo estaría encantada contigo… creo que las mujeres buscamos lo mismo… un chico tímido pero sonriente… bien intencionado… ¡y guapo!

- Pues… gracias… ¿qué te tomas?

- Es muy temprano… pero al rato lo haré con gusto, a tu salud… anda ve… no la hagas esperar…

- Adiós, Minerva…

- Hasta pronto…

En efecto, Pancho acudía a esa cita que había ya prometido a Lulú, su eterna enamorada, quien momentos más tarde apareció ante sus ojos más hermosa que nunca; "¡chaparritas, como me gustan! Y esos ojos redonditos y esas pestañitas mirando hacia el cielo" se dijo cuando la vio y pensó que la invitación había valido la pena. "¡Qué diferente se ve sin sus lentes y sin ese uniforme feo del *Diamante*!", pensó al momento de saludarla con un tronado beso en la mejilla.

- ¡Qué chula estás!

- ¡Cómo serás!, tú siempre con tus bromas.

- Te juro que es la primera vez que no bromeo, así que dime a dónde quieres ir ¿a Italia, Brasil o Japón?

- ¿Ya ves?, sigues con tus bromitas.

- Ya en serio, ¿a dónde?

- Llévame... ¡a donde tú quieras!

- No me des a escoger porque ya sabes cómo soy de atrevido...

- ¡Ya hombre, mejor vámonos!

- ¡Sale nena, sube al auto y *fuímonos!*

Pancho abrió la puerta de su vehículo para que entrara la chica, la cerró con mucho cuidado e hízo lo propio; ya al volante, emprendió su viaje —el cual esperaba fuera corto-, rumbo a la avenida Costera Miguel Alemán; deseaba acudir con Lulú a algún restaurante exótico, luego a nadar y quizá por la noche a la *disco* para redondear el día éste que ambos tenían libre. El joven checó el medidor de combustible del auto y viró en su primera oportunidad para llenar su tanque, como lo hacía cuando ya quedaba sólo un cuarto, ya que no le gustaban las sorpresas, y recordó la primera vez que se quedó varado lejos de gasolinera alguna. "No me volverá a pasar", dijo desde entonces. Mientras rememoraba, había estado mirando con cierto interés el auto que se formó atrás. "Desde hacer algunos minutos viene siguiéndome, ha de ser algún cuate", dijo con cierta confianza, pues a pesar de las advertencias de Lulú, normalmente no pensaba que tuviera enemigos por el trabajo que desempeñaba. Mientras le cargaban gasolina, miraba por el retrovisor queriendo reconocer a quien iba al volante, pero no se parecía a nadie de sus amigos. Al terminar, salió con calma de la estación de gasolina... al entrar a la avenida metió el acelerador a fondo, y con sorpresa vio que el otro auto, que por cierto no había cargado gasolina, lo siguió.

- Esto ya no me está gustando...

- ¿Qué dices?

- No, nada -el reportero sin querer pensó en voz alta, pero para no preocuparla le cambió el tema-, lo que pasa es que... ya no me gusta la música, voy a cambiar de estación ¿o prefieres que ponga algún casete en especial?

- Como gustes. Yo disfruto lo que tú escuches o hagas, porque es tu compañía lo que importa, ya te lo he dicho.

La chica ni siquiera escuchaba la música, nomás tenía ojos y oídos para el reportero, por eso ni siquiera había notado que los seguían, al parecer, no con buenas intenciones. Francisco pensaba en la posibilidad de un error suyo al pensar por primera vez que estaba en problemas, por lo que decidió dar algunas vueltas para ver si se desprendía del auto que traía pegado. No lo logró en varios minutos, por lo que Lulú percibió algo de nerviosismo en él y se atrevió a preguntar.

- ¿Qué sucede?, ¿a dónde vamos? Ya tenemos rato dando vueltas.

- Lulú... quiero pedirte un favor... en la siguiente esquina abriré la puerta, te bajas de inmediato y te metes lo más rápido que puedas a Sanborns, ¿de acuerdo?

-¿Por qué o qué? Por primera vez en la vida me invitas a salir y es solamente para dar unas vueltecitas y decirme que me baje de la manera más sospechosa, ¿qué pasa?, ¿alguna mujer?, ¡dímelo!

- Claro que no tontita, pero es que... ¿cómo te lo explico?

- Como quieras, ¡pero ya, por favor!

- Es que... ¿sabes?, parece que hay peligro y no quiero exponerte.

- ¡Te lo dije! Algún día buscarían hacerte daño... ¿y a qué te refieres cuando dices que hay peligro?

El periodista sólo volvió a mirar el retrovisor y la chica comprendió todo.

- Algo me decía que ese auto se me estaba haciendo conocido, ya tiene un buen rato siguiéndonos, ¿verdad?

- Pues sí, por eso te pido que...

- ¡Nada!, ¡yo no me bajo, y si algo te va a pasar, que me pase a mí también, no te voy a dejar solo! Así que piensa en algo qué hacer, pero rápido.

- Voy a salir de la ciudad y que sea lo que Dios quiera ¡agárrate!

Francisco pensó en tomar la salida hacia Mozimba, pero supo que sería muy peligroso, pues rumbo a Pie de la Cuesta la carretera era muy complicada, peligrosa; así es que decidió tomar la avenida Cuauhtémoc y se dirigió hacia La Garita. El sospechoso auto aún lo seguía a cierta distancia, por lo que el reportero, tratando de ver las cosas con calma, quiso pensar que se trataba de una broma y se siguió hasta La Cima, bajó por las colonias Vicente Guerrero, Benito Juárez, Las Cruces, y se siguió hacia la salida por la carretera libre. En esos días estaban dando los últimos toques a la construcción de lo que sería la Autopista del Sol, que fue inaugurada un año después, en 1993. "Un viaje de aquí a Chilpancingo no me caería mal", se decía, por lo que optó por seguir el juego "en caso de que sea sólo eso, un juego", pensó una vez más; quería recuperar la calma.

- ¿Qué va a pasar con nosotros Pancho?, ¿por qué no pides ayuda?

- ¿Ayuda?, ¡por favor!, quizá sólo se trata de una broma y quieren probar mis nervios.

- ¿Y si no es así? -preguntó Lulú quien lucía ya más nerviosa- ¿qué pasará?

- Tranquila chaparrita, ya verás que no pasa nada. Además, si pido ayuda van a tacharme de loco, ¿cómo comprobar que quieren hacerme daño?, lo único que han hecho los de ese auto es seguirnos a cierta distancia; si los acuso, de inmediato negarían todo. Mejor hay que calmarse, recuerda que a mí me gustan las emociones fuertes.

- ¡Pero a mí no!

- ¿No?, ¿y por qué no te bajaste cuando te lo pedí? Ahora ya es muy tarde, no puedo abandonarte por esta zona, es muy peligrosa.

- Pero es que...

- ¡Mejor tranquilízate, nena!

La joven ya no dijo nada, pensó que podría enfadarlo o ponerlo nervioso; dejó que su seguridad lo hiciera actuar de manera correcta. "¡Cuídanos Dios mío!", pensaba al momento de persignarse. Fue un viaje tenso; el auto los estuvo siguiendo a unos 100 metros de distancia, y a veces lo perdían de vista. Al llegar a Chilpancingo, el periodista dejó de ver a sus persecutores, y entonces pensó en volver, por lo que viró para buscar la forma de tomar el camino de regreso. Tal parece que eso era lo que esperaban los del auto sospechoso, pues de pronto aparecieron a cierta distancia y el joven no dudó mucho para tomar la primera carretera que, supuso, sería la ideal para escabullirse. Se inició una persecución que duró al menos dos horas; de pronto, ya estaban en Iguala, en donde los volvió a perder de vista. Esta vez no pensó en regresar, pues sospechaba que lo podrían estar esperando, así es que optó por seguir en esa misma dirección; antes, volvió a llenar su tanque de gasolina; ahora sí sentía que la aventura apenas comenzaba. Ya entrada la noche, llegaron a Arcelia, región de la Tierra Caliente. Tomaron un café y siguieron adelante, ya no sabían a dónde, ni por qué lo hacían en lugar de pedir ayuda. Francisco, acostumbrado a la aventura y a valerse por sí mismo, evitó llamar al periódico pues no quería preocupar a nadie.

- ¡Llama, por favor! -insistía Lulú con preocupación visible- quizá puedan conseguir ayuda.

- ¿Sabes qué? mejor voy a preguntar por aquí si hay una forma de regresar a Acapulco en autobús y te vas... ya me estás poniendo nervioso.

- ¡No seas loco, ya te dije que me quedo contigo!

Ya sin nadie que los siguiera, conversaron y decidieron aprovechar que andaban lejos de la ciudad y del trabajo para tomarse un par de días a manera de vacaciones en esas cálidas tierras… Tierra Caliente, se llama precisamente la región. Siguieron su travesía hasta llegar a Ciudad Altamirano y... cuando buscaban alojamiento...

- ¡No puede ser! —Exclamó, como pocas veces lo hacía Francisco-, ahí están otra vez.

- ¿Dónde?

El reportero no contestó, sólo tomó la carretera hacia Coyuca de Catalán; iba ahora sí preocupado y metiendo el acelerador como desesperado, pues ya era de noche y se dio cuenta que llegaban a lugares con menos iluminación y menos tráfico vehicular, por lo que pensó que seguramente había hecho lo que sus perseguidores desearon desde el principio... llevarlo a un lugar en donde no hubiera testigos ni luz del día para hacer lo que desde un principio planearon hacer. El reportero no lo sabía, pero minutos después ya iban saliendo de Coyuca de Catalán, rumbo a Ajuchitlán del Progreso, y de pronto se vio flanqueado de altas laderas de cerros, lugares peligrosos en los cuales no pocos han perecido a causa de accidentes.

- ¡Ahora sí creo que estamos perdidos! -exclamó Pancho cuando vio que los del auto misterioso se acercaban con determinación-, ¡Lulú, voy a intentar salvarte!

- ¡No Pancho... haz lo que tengas que hacer, pero hazlo por los dos!

El auto camioneta comenzó a golpear al vehículo de la pareja con la intención de echarlos al abismo... el crujir de la hoja de lata de ambas unidades era estremecedor al igual que la oscuridad... Pancho abrió la puerta del lado de Lulú y le gritó con desesperación:

- ¡Salta... pronto... salta!

- ¡Nooo... no puedo... no quiero!

El reportero le dio un empellón sacándola del auto... apenas hizo esto, el VW rodó por el abismo llevando al reportero en su interior... la caída fue de muchos metros...

Los maleantes estaban tan atentos a lo que ocurría con el VW, que no se percataron que a un lado de la carretera quedaba el cuerpo de Lulú, protegido por la oscuridad del lugar, y quien desmayó a consecuencia de un golpe en la cabeza; en la oscuridad sólo alcanzaron a ver cómo allá abajo explotaba el auto del reportero.

- La última noticia suya será... su propia muerte. ¿Quién lo iba a decir? Él se lo buscó por entrometido –comentó Lázaro, quien estaba sustituyendo al *Chalo* como brazo derecho de *El Negro* Julio-, este arroz ya se coció, así es que vámonos. Nos costó tiempo y paciencia... pero al jefe le dará gusto saber que ya no habrá problemas con éste, y que todo quedará como un simple accidente, sin sospechosos, ni delito qué perseguir. ¡Somos chingones, no cabe duda!

Encaminaron su auto de regreso al puerto de Acapulco; les esperaba un viaje más o menos cansado, pues al menos durarían 8 horas en camino.

Minutos más tarde, uno de los pocos autos que circulaba a esa hora de la noche por el lugar del incidente se detuvo junto al cuerpo de una mujer que yacía a un lado de la cinta asfáltica. A bordo iba un matrimonio.

- ¡Mira vieja, aquí hay una muerta!

- ¡Jesús bendito!, espérate, ¿no será una trampa?, vámonos pa' la casa.

- No, mejor vamos a ver si podemos ayudarla... mira, está golpeada de la cabeza… ¡traite el bote de agua!

El hombre levantó la cabeza de Lulú para ver cómo estaba, y en esos momentos la joven dio muestras de vida al moverse un poco y emitir un débil quejido.

- *¡Guachita!* ¿Qué te pasó?

- ¡Pancho! ¡Pancho! ¿Dónde está Pancho?

- ¿Pancho? ...No sé de qué habla, niña.

La joven se levantó y, así como estaba mareada aún, corrió hacia el abismo abriendo los ojos desmesuradamente, como queriendo ver algo que le hiciera suponer que se trataba de su amado y, sobre todo, esperando verlo con vida... pero era imposible con tal oscuridad. Reinó un momento el silencio... la chica sollozaba.

- El Pancho al que usted se refiere... ¿cayó por allí?

- Sí, un auto empujó su VW hacia allá abajo… ¡ayúdeme a sacarlo, por favor!

- Perderíamos el tiempo *guachita*, son muchos metros, y los carros que han caído por aquí jamás son recuperados... nadie ha logrado salir de ahí con vida.

- Pero yo... ¡Pancho! ¡Mi amor!, ¿por qué tuviste que irte solo?, ¡me hubieras llevado contigo y no estuviera sufriendo tu ausencia!

La pareja guardó silencio, respetuosa del dolor de la joven quien, mirando al abismo, parecía orar hacia sus adentros. El llanto de Lulú era abundante y se mezclaba con el cúmulo de recuerdos del pasado y los sueños que había tenido para un futuro en que se veía tomada de la mano por el periodista saliendo de la iglesia, como marido y mujer; pero "¡sólo sueños!", se decía. ¿Cómo podría pensar que tanta dicha sería posible?, el periodista siempre fue un sueño inalcanzable para ella, y en estos momentos se confirmaban todos esos malos presagios; simple y sencillamente nunca podría llegar el día que ella esperaba. Ahora, que había sido la primera vez que la invitaba a salir de manera formal, sucedía esto; quizá hasta se sentía culpable de lo sucedido. Estaba tan metida en sus pensamientos que no se dio cuenta de que la noble pareja la tomaba de las manos y con delicadeza la conducía al auto para alejarla del lugar.

Lulú aún sentía en sus labios el sabor amargo de las lágrimas derramadas cuando, estando ya en Ciudad Altamirano, escuchó que le preguntaban.

- ¿Hacia dónde va *guacha*? ¿A dónde quiere que la dejemos?

- Este... donde sea… aquí déjeme si quiere… por favor.

- ¿Necesita ayuda? Si quiere vamos a nuestra casa o, si lo desea, puede hacer alguna llamada… tenemos teléfono, ¿qué dice?

- Está bien, se lo agradeceré mucho...

Al llegar a su domicilio, la señora Jaramillo le facilitó el teléfono a la joven, que aún dejaba ver en su rostro el dolor que sentía por la pérdida de su amado. Marcó un teléfono, el del *Diario Diamante*. Pidió que la comunicaran con el jefe de Información.

- ¿Sarabia? -preguntó la chica al escuchar la voz al otro lado de la línea- ¿eres tú?

- ¡Lulú! ¿Dónde andas? ¿No has visto a Pancho?, llevamos horas buscándolo.

- Pancho… ¡Pancho murió, Sarabia!

La chica ya no pudo más y estalló en llanto… el dolor y los recuerdos la atraparon de nuevo… se sentó en una silla tejida de bejuco y casi se desvanece…

- ¿Cómo que murió?, ¿estás bromeando?

El llanto intenso de la chica fue la más evidente respuesta, por lo que Carlos Sarabia no dudó en creer que lo que estaba escuchando era verdad. También supuso cuál era la noticia, publicada por Francisco Gasca, que provocó su muerte.

- ¡Esos malditos! ¡Sí, fueron esos malditos!

Lulú contó lo sucedido a Sarabia vía telefónica. Este lo informó a las autoridades policíacas, quienes montaron un operativo a la entrada de Acapulco, ya que los maleantes ignoraban que la capturista había quedado con vida, por lo que no sabían que alguien los denunciaría por lo sucedido. Al amanecer, Lulú abordaba un autobús en la terminal de Ciudad Altamirano, de vuelta al puerto; la señora Jaramillo la había acompañado gentilmente.

- Bueno *guachita*, pues... que le vaya bien... ¡cuídese mucho!

- Sí señora, disculpe las molestias que le di y... ¡muchas gracias!

- ¡Adiós!

La unidad móvil se puso en marcha. Una vez más, sumida en sus pensamientos, Lulú dejó escapar discretas lágrimas de sus ojos; se despedía de una ciudad a la que seguramente nunca volvería, pues los recuerdos le atormentarían cada vez que recordara la tragedia en la que su amado había muerto. Pensaba, incluso, seriamente en renunciar a su empleo en *Diario Diamante*; deseaba alejarse de todo lo que le hiciera recordar a Francisco Gasca, a las noticias... sobre todo a esta última, a la última noticia de Pancho que se referiría a su propia muerte.

¡Acapulco! ¡Llegamos a Acapulco! -se escucharon gritos que despertaron a Lulú- ¡Llegamos a Acapulco!

Más tarde, se reportaba a las instalaciones del periódico.

- ¡Pequeña! -le dijo el jefe de información abrazándola con ternura-, sé cuánto querías a Pancho, todos lo sabíamos y… lo sentimos mucho.

- ¡Él era todo para mí! -respondió mientras sollozaba-, no sé qué voy a hacer en adelante sin su presencia... ¡no quiero vivir!

- ¡Tranquila, tranquila nena! –la volvió a abrazar como se abraza a una hermana.

- Sarabia... quiero pedirte un favor...

- Lo que quieras...

- Busca quién me sustituya en el puesto... no trabajaré más aquí.

- Mira, sé cómo te sientes, pero no queremos que te vayas, eres muy valiosa para nosotros, y además no podríamos dejarte sola en estos momentos de dolor… mejor lo discutimos más tarde... mientras tanto, ve a tu casa a asearte y a comer algo; te esperamos más tarde porque se va a hacer una misa en memoria de Pancho; te esperamos en la Catedral.

- Está bien, nos vemos más tarde... pero considera lo que te dije.

Durante el operativo policiaco se pudo capturar a Lázaro y a otros más de la banda, quienes confesaron su presunto asesinato contra el reportero, y aceptaron que trabajaban para Julio *El Negro,* quien no obstante logró escabullirse, antes de que la Policía llegara a una de sus casas que tenía en la colonia Costa Azul, zona residencial ubicada en el llamado Acapulco Dorado. En cuanto pudo, salió de la ciudad rumbo a Toluca, Estado de México, en donde tenía también operaciones criminales, llevando consigo a Juan Córdoba júnior.

Luego de la misa en memoria del reportero, en la sala de juntas de *Diario Diamante,* se reunió el personal directivo así como el cuerpo reporteril, columnistas y colaboradores diversos, en torno al tema Francisco Gasca. El director del prestigiado periódico, Eliseo Esquivel, se dirigía a los presentes.

- ...y es por eso que propongo sea develada una placa con el nombre de Francisco; el honor que tuvimos al contarlo entre los nuestros debe ser digno de recordarse siempre con orgullo. Un reportero honrado, siempre al servicio de la verdad, siempre respetuoso de los lectores, a quienes día a día intentó dar lo mejor de sí; una persona leal como ser humano, profesional de la comunicación... alguien que como él nos había recién regalado una nueva forma de abordar la nota roja, con humanismo, con respeto a los derechos humanos, siempre será un orgullo para todos y un ejemplo a seguir...

Como uno solo, todos se levantaron al mismo tiempo aplaudiendo la propuesta. Días más tarde, se develaba, en efecto, la placa al mérito de un periodista valeroso, único en su estilo. Lulú cumplió con su deseo de dejar el periódico.

Al despedirse de sus amigos, estos le insistían en que debería quedarse, pero ya estaba decidida.

- Si así lo quieres manita, ni modo -le dijo Martha de quien alguna vez sintió celos-, pero quiero que sepas que aquí tienes a tus *cuatitas*, y que cuando quieras puedes venir a vernos. ¡Deja darte un abrazo!

- Sí, gracias, las voy a extrañar mucho. Después les hablo para decirles en dónde estaré.

- ¡Adiós Lulú!, -dijeron a coro sus compañeros cuando abandonaba el edificio de *Diario Diamante*- ¡vuelve pronto!

- ¡Adiós!

Se dio la media vuelta y, cabizbaja, abandonó ese lugar al cual -se dijo- esperaría no regresar nunca más. Al pasar por la cafetería, se despidió de Poncho, el entrañable amigo del reportero.

- Yo también lo quería mucho, pero ni modo, se nos fue.

- Adiós Poncho, cuídate mucho.

- Adiós, amiga...

El dependiente de la cafetería la vio alejarse. De pronto sintió que, en adelante, nada sería igual en ese periódico; golpeó el mostrador con el puño, contrariado, y en sus pensamientos se agolparon de pronto muchas interrogantes: ¿quién escribirá las noticias exclusivas?, ¿quién hará el ambiente durante las reuniones?, ¿en realidad había muerto a causa de alguna noticia? No lo podía creer… algo le decía que esto sólo era una pesadilla… una pasajera pesadilla.

"¡Francisco Gasca, el famoso periodista ha muerto!" gritaban en las calles del puerto los niños que intentaban vender el mayor número de periódicos, no a costa de las desgracias de los demás, sino como única forma de sobrevivir a su corta edad. "La última noticia que vamos a leer de este periodista no la escribió él, sino se escribió sobre él", comentaban algunos lectores asiduos a Francisco Gasca.

Capítulo 9

AMNESIA

Mientras tanto, allá en la región de Tierra Caliente, dos vecinos de Coyuca de Catalán buscaban leña, material que aún usaban para cocinar en esa zona del estado Guerrero. Uno de ellos quedó perplejo con el hallazgo que tenía enfrente:

- ¡Mire compadre! Allá abajo hay un *guache* colgado entre las ramas de un árbol.

- ¡Ah la jija, de veras! Oiga compa, ¿estará muerto o nomás desmayado?, hay que verlo de cerquita, ¿no?

- ¿Y si nos caemos?, está en zona peligrosa y este *voladero* está muy alto.

- ¡Déjate de *cochadas!* No tengas miedo compita, hay que ayudarlo, a lo mejor está vivo.

- Vamos pues, a ver si no nos desbarrancamos.

Los lugareños llegaron hasta el punto dejándose arrastrar por la inercia de la inclinación del terreno y sosteniéndose de las ramas de los árboles que habían logrado sobrevivir en ese terreno tan accidentado.

- ¡Parece que está muerto, vámonos!

- ¡Pérate tantito!, ¿no ves que te vas a caer? Mira, aquí tiene su cartera y trae una credencial que dice que es periodista... ¡trae mucho dinero!

- Mejor vámonos, no vaya a llegar la Policía y piense que nosotros lo matamos.

- ¿Cómo crees? Se ve que tiene ya como tres o cuatro días aquí.

- Pero como sea, mejor vámonos...

- Sí, pero me llevo su cartera...

- ¡Apúrate!

Salieron a prisa... tomaron el dinero que había en la cartera del periodista y la lanzaron al abismo. Sí, se trataba en efecto de Francisco Gasca, quien logró saltar después de sacar a Lulú de la unidad, y ello le valió no haber caído al fondo junto con su VW, el cual explotó al caer cientos de metros abajo. Horas más tarde, Francisco era despertado por los fuertes rayos de sol los cuales, con sus 40 grados Celsius, castigaban su humanidad... estaba pálido, irreconocible; había pasado muchas horas a la intemperie sin beber agua, sin probar alimento e inconsciente. Sentía que todo le daba vueltas... estaba totalmente débil, y al despabilarse un poco se preguntó... ¿qué pasa?, ¿quién soy?, ¿qué hago aquí? Sí, Francisco había perdido la memoria a consecuencia del contundente golpe que recibió en la cabeza al salir del auto... pero eso, ni nada, estaba en la memoria del reportero. Como pudo, y por instinto de conservación, salió del peligroso lugar... allá abajo estaba parte de su historia pero él no lo sabía: Su cartera con sus identificaciones y el auto que le había asignado el *Diario Diamante*. Caminó sin rumbo... más tarde desmayó víctima del cansancio y de la desnutrición que ya padecía. Nadie sabe cuántas horas pasaron... abrió los ojos y se encontró rodeado de señoras, de jóvenes y de algunos niños.

- ¡Jesús, *guache*, mira cómo estás! ¿Cómo te sientes?, ¿qué te paso? -le preguntó una de las damas-, te encontramos tirado en la carretera y, como vimos que estabas vivo, pues te trajimos, llamamos al doctor y... gracias a Dios ya despertaste.

- ¿Quiénes son ustedes? -el rostro de Pancho tenía todas las interrogantes del mundo-, ¿quién soy yo?

- Yo soy Bárbara Pérez y ella es mi hija Juanita, esto sí te puedo contestar, pero... ¿cómo voy a saber quién eres tú?, te estoy diciendo que te encontramos tirado, así es que mejor dime tú cómo te llamas y de dónde vienes... a lo mejor le podemos avisar a tu familia que aquí estás... David, el vecino, nos puede prestar su teléfono.

- ¡Ah! ¡Ayyy!, me duele mucho la cabeza y... no sé nada, ¡no sé quién soy!

- ¡Ah la jija, amigo! Sí que estamos fregados... ¿Y ahora, qué vamos a hacer?

- Pues... no sé, ¡ayyy, otra vez el dolor!

- Yo creo que te vas a tener que ir, aquí no podemos tener gente extraña, y si te trajimos fue para evitar que murieras... figúrate que me dijo el doctor que otro poco y ya no reaccionas... que según por la debilidad por no comer, ni beber agua… algo así dijo.

- ¡No amá! -replicó la joven Juanita-, mejor hay que dejarlo que se quede, a lo mejor mañana recuerda quién es y lo llevamos a su casa... se ve muy débil y le puede pasar algo por allí.

La señora se quedó pensando y decidió dejarlo descansar una noche más... la señora era de sentimientos nobles, muy católica y respetaba sus deberes respecto a brindar ayuda al prójimo, al necesitado.

El periodista fue atendido por la familia Pérez Serrato; una vez que se recuperó hizo el intento de recordar quién era pero, todo, todo fue inútil; se quedó unos días más en ese hogar. El esposo de la señora Barbarita hizo amistad con él por lo que, una vez que el joven se recuperó físicamente, le ayudó a buscar un empleo en Ciudad Altamirano, el centro comercial de la región de Tierra Caliente, que entonces presentaba una economía pujante, fuerte.

El destino llevó al joven a emplearse en un periódico, *El Mensajero de Tierra Caliente*, como ayudante en el taller de impresión.

Muy pronto logró tener dinero para rentar un cuarto cerca de donde estaba su lugar de trabajo, en la avenida Rey

Irepan, por lo que días más tarde tuvo que despedirse de la familia que le había albergado de manera solidaria; le habían llegado a tomar cariño, por lo que definitivamente sintieron su partida; pero el joven tenía que hacer su propia vida, y además tenía la esperanza de poder buscar a los suyos, decía, y saber quién es y de donde venía.

- Cuídate mucho *mijo* -le dijo doña Barbarita al despedirse-, ven a visitarnos cuando quieras.

- Adiós a todos, a ver cuándo nos vemos por aquí - respondió al momento de lanzar una mirada a Juanita, como despidiéndose de una hermana- y por favor... ¡pórtense bien!

Parecía que recuperaba, al menos, el buen humor.

Francisco hacía de todo en el taller, incluso muy pronto se convirtió en el que iba a la tienda por refrescos y botanas durante los momentos en que bajaba la actividad; no sabía hacer algo en concreto, ya que su principal habilidad, escribir, estaba dormida... o muerta, igual que los recuerdos respecto a su vida. Sin embargo, al momento de redactar algún recado para quienes laboraban junto a él, los demás notaban que su caligrafía y ortografía eran excelente, y que tenía imaginación. "Se ve que es *estudiado* el *guache* -decían a sus espaldas-, quien sabe por qué está trabajando de *chalán*".

El otrora talentoso periodista era un *mil usos*, pero ¡qué importaba!, igual disfrutaba de las labores que le encomendaban; gustaba de inventar chistes, o bien, a cualquier palabra que le pareciera adecuada, le cambiaba el sentido para convertirla en algo chusco. Había mucho humor y actitud positiva en sus actividades, por eso sus nuevos amigos disfrutaban su compañía. Nunca se aburrían con él. De vez en cuando, en la soledad del cuartucho que había rentado para vivir, escribía algún verso... o algún poema. Después fueron varios y una que otra reflexión... a veces en forma de ensayo o cuento; de pronto se sorprendía por la cierta facilidad que tenía para escribir, pero obviamente estaba muy lejos de volver a ser quien fue. En una ocasión, en que hojeaba *El Mensajero De Tierra Caliente*, periódico local dirigido por Juan Duarte, encontró un pequeño anuncio que decía "Solicitamos dos reporteros con experiencia". No supo por qué, pero algo en su interior le decía que podía cambiar de actividad, que estaba cansándose de limpiar aquí y allá, de ir por los refrescos, de cargar lo más pesado. Después de todo, se había dado cuenta de que tenía ciertas habilidades para escribir y le interesaba el ambiente político, social y económico de Ciudad Altamirano, que comenzaba a conocer mediante los escritos de los reporteros del periódico. Curiosamente no le gustaba la nota policíaca, y nunca leía esa sección en los periódicos que compraba; quizá su inconsciente le protegía de aquel suceso en el cual casi pierde la vida. Con cierta timidez acudió a las oficinas del periódico. Ahí, Juan Duarte, quien de entrada se veía que era exigente, concedió el empleo a Pancho advirtiéndole que estaría a prueba.

- Deme sólo una semana y, si no le sirvo, me *bota* a la fregada; pero si ve que soy el mejor, me asciende el sueldo de *volada*.

Curiosamente, era la misma frase que dijo cuando ingresó al *Diario Diamante*. Una especie de *Déjà vu* lo inquietó... parecía que un recuerdo llegaba... luego se fue... y el joven volvió a su realidad, frente al director del periódico.

- ¡Ándale pues!, ya vete a trabajar y te quiero aquí temprano para ver qué notas traes y revisártelas.

- ¡Sale jefazo! Nos vemos más tarde, ya verá que no se arrepentirá... ¡llegaré a parar prensas!

¿Parar prensas? Las frases, pero sobre todo la autosuficiencia del periodista, al iniciar esta etapa de su vida, efectivamente, era muy similar a la que mostró cuando por vez primera se presentó ante el jefe de Información del *Diario Diamante* de Acapulco. Sin haber una explicación lógica a la vista, recobraba ese estilo tan propio de actuar. Así, sin conocer prácticamente a nadie en Ciudad Altamirano, Francisco Gasca llegó a las oficinas de la Presidencia Municipal, encabezada entonces por Héctor Salvador Santamaría Pineda, en busca de alguna información que fuera importante para él como periodista; sin saberlo, iba a la conquista de un nuevo público lector.

Conoció a otros reporteros de la localidad, quienes le orientaron sobre la vida pública de la región así como de sus principales protagonistas. Una vez que puso sus pies bajo el escritorio y los dedos en la máquina de escribir... Francisco titubeó por diversas causas: No recordaba ni su nombre, tampoco si en su vida había utilizado las teclas para redactar; ¿cómo iba a dar forma a sus notas?, en el lugar donde convaleció tras su accidente, la familia Pérez Serrato, católica al fin, le habrían dicho ¡Jesús!, a manera de expresión que hizo la señora Barbarita al verlo reaccionar luego de que fue atendido tras los lamentables sucesos en los cuales casi pierde la vida. "¡Eso! -recordó el reportero-, Jesús será mi nombre de batalla, de guerra". Al fin y al cabo así se había presentado ante el director del periódico. Entonces comenzó a escribir el encabezado, "éste debe representar -pensó en esos momentos- la esencia de la nota; debe ser dada a conocer en forma directa, sencilla, clara, es decir, mostrar lo que el lector necesita conocer". Pareciera que el subconsciente le inspiraba y sacaba, desde lo más profundo de su mente, el conocimiento que en esos momentos necesitaba. Una vez concluido el encabezado -escrito con cierta torpeza aún-, las teclas golpeaban para poner la firma de quien escribía—como había anticipado- y, en efecto, tras unos segundos, se leía sobre la hoja de papel bond: *Por Jesús Guerra*. Ahí estaba su nombre y apellido de batalla, es decir, de *guerra*.

Así, con su nuevo nombre, Jesús Guerra, el reportero, quien al parecer nunca recordaría que en alguna ocasión le llamaron Francisco Gasca, inició una modesta pero interesante vida; sin saber cómo, estaba ejerciendo la actividad que más le gustó siempre: Escribir para un periódico. A las pocas semanas se destacó entre los demás compañeros de trabajo; ganó la confianza de Juan Duarte, quien pronto lo nombró jefe de Redacción. Su tiempo pues, lo dividía entre reportear, corregir algunas notas que llegaban escritas por otros reporteros, "cabecear", corregir las pruebas de galera, en fin, su jornada laboral comenzó a ser un tanto pesada, ya que concluía hasta que la edición del diario estaba lista. Pero se daba tiempo para tomarse algunas cervezas por allí; de hecho, comenzó en él una afición por ingerir este producto debido, justificaba, al intenso calor que se padece en la región. Continuamente se emborrachaba, sin embargo era muy responsable en el trabajo, y por eso el director de *El Mensajero de Tierra Caliente* lo soportaba. El linotipista del diario apodado *La Anforita* (siempre portaba al cinto una botellita de un cuarto de litro de algún brandy), se convirtió pronto en su inseparable compañero de parranda.

Mientras tanto, en el puerto de Acapulco, Lulú había decidido ejercer su profesión de maestra, la cual había decidido no ejercer porque en *Diario Diamante* ganaba un sueldo muy decoroso; una vez alejada de su antiguo trabajo, con sus ahorros pudo comprar por fin la plaza de profesora y trabajar en lo que algún día soñó. Había logrado superar la ausencia del reportero por momentos, gracias a su convivencia con esos niños a quienes pronto aprendió a amar; realmente se entregaba por completo a sus alumnos por quienes tenía un sentimiento especial; por eso había decidido estudiar esta carrera, recordaba. Pero en los recesos y en las actividades que nada tenían que ver con su profesión, sobre todo en la soledad de su recámara, volvían a atormentarle los recuerdos de su amado a quien creía muerto. Había dejado el empleo en el periódico precisamente para olvidarlo pero todo había sido inútil; día a día pensaba en lo que no pudo ser. Debía hacer algo más para borrar por completo del pensamiento a alguien que "ya no existe". Un día llegó a su domicilio un novio de la adolescencia a quien hacía tiempo no veía. Ella estaba fuera de casa cuando el joven se presentó con su madre a quien explicó que seguía enamorado de Lulú y que, si se lo permitía, deseaba casarse con ella. La noble mujer expresó que sería ella quién decidiría su destino; ligeramente sabía sobre la existencia del reportero y lo que Lulú había sentido por él cuando "aún vivía" (era obvio que ignoraba que seguía vivo), así es que decidió esperar a que ella estuviera de vuelta en casa. Más tarde, Lulú llegaba sin imaginar que pronto cambiaría su vida para siempre.

- Ya llegué mami -saludó cariñosa, como siempre, a la autora de sus días, cuando de pronto se topó con una cara conocida a la que hasta hace poco parecía haber olvidado-, eres… ¿Roberto?, ¡Hola, Roberto! ¿Cómo estás? ¿Qué haces aquí después de tanto tiempo?

El aludido se levantó; se dieron un abrazo como viejos amigos.

- Lulú -dijo la señora con voz tranquila-, Roberto ha venido a pedir tu mano, pero le he explicado que sólo tú decides algo que es muy personal, sobre todo porque se trata de tu futuro y tu felicidad.

- ¿Mi mano? Es que yo... no estaba preparada para esto... hace tiempo que no te veo, desapareciste de repente y yo...

La joven guardó silencio y una gran cantidad de recuerdos pasó por su mente en cuestión de segundos: Desde su noviazgo con Roberto, a quien dejó de ver una vez que desapareció sin despedirse, hasta el momento en que conoció al reportero cuando llegó a pedir trabajo a *Diario Diamante*, de quien se había enamorado con el transcurrir del tiempo, conforme lo fue conociendo; recordó sus frustrados intentos por lograr su amor y el más grande fracaso ocurrido cuando por vez primera salieron juntos de manera formal y prometedora, en cuya ocasión, creía, perdió la vida aquel a quién seguía amando. Pero con todo el dolor de su corazón, Francisco representaba el pasado, ya estaba muerto, se decía, y no podía dejarse morir ahora que veía en sus alumnos un motivo para sobrevivir y vivir. Reconocía que su familia era suficiente razón, además, para no dejarse abatir; Roberto, por su lado, siempre fue un buen muchacho, aunque muy aburrido comparado con el reportero, pero... ¿por qué no?, podría ser un buen esposo y, lo más importante: Quizá sería lo único que podría, con el tiempo, arrancar el dolor de su corazón, tal vez no el recuerdo de quien siempre viviría en su memoria como algo muy hermoso. La respuesta salió de su garganta con una decisión repentina que nadie esperaba.

- Sí, mamá, acepto casarme con Roberto.

Lulú contrajo matrimonio con el joven, con quién inició una vida tranquila. Ella en realidad era así, era introvertida, sin que esto quisiera decir que fuera una persona amargada, al contrario, disfrutaba mucho de la presencia de las personas a quienes estimaba. Sentía mucha inclinación por la familia y quizá ese contraste con el reportero, quien era extrovertido y jovial, fue lo que llegó a gustarle cuando convivían juntos en el *Diamante*.

Mientras aquellas vidas decidían su rumbo, la de Francisco Gasca, conocido en Ciudad Altamirano como Jesús Guerra, estaba en una etapa más que confusa. En ese lugar nadie conocía a su familia por lo que él sólo se limitaba a decir que tenía unos parientes en Coyuca de Catalán (se refería a doña Barbarita Pérez y Juanita). También seguía bebiendo; diario lo hacía en compañía de *La Anforita* y *El Chapatín* (el primero era linotipista del taller y el segundo era el apodo de un reportero de *El Mensajero de Tierra Caliente*), y en ocasiones con otras personas que conoció en el medio. Cada tarde era buena para visitar la tiendita que resultó ser nada menos que propiedad de la señora Jaramillo, aquella que auxilió a Lulú la noche en que el VW se desbarrancó a la salida de Coyuca de Catalán, rumbo a Ajuchitlán del Progreso, en donde dieron por muerto al periodista. Comenzó una gran amistad entre los colaboradores del periódico local y la dueña de la tienda. Continuamente, Francisco le contaba algún chiste que se le ocurría; también le llevaba diariamente el periódico una vez que estaba impreso; le gustaba escuchar las opiniones y críticas de su asidua lectora respecto al contenido del diario.

Pronto llegó la oportunidad al reportero de conocer distintos lugares de esa región de Tierra Caliente, como Zirándaro donde, cada vez que llegaba, recordaba la letra de la canción del mismo nombre que ahí había conocido: "el pueblo consentido de la Tierra Caliente, la tierra donde hay gente de mucho corazón...". También conoció Ajuchitlán del Progreso donde, paradójicamente, el progreso se negaba a llegar al igual que en la mayoría de los municipios de esta región. Coyuca de Catalán era un lugar cuya idiosincrasia pueblerina de sus habitantes persistía no obstante estar ya en los albores del tercer milenio de la Era Cristiana. San Miguel Totolapan era otro municipio con enorme atraso, incomunicado prácticamente con el resto del entorno ya que, para llegar a este lugar había que pasar en embarcaciones construidas por los lugareños en las cuales, incluso, transportaban autos y camiones; este problema se solucionó cuando en el gobierno del gobernador José Francisco Ruiz Massieu, fue inaugurado el puente que por fin permitía la comunicación con el resto de la región; se trató de una obra que el pueblo de ese lugar esperaba desde hacía al menos cinco siglos. Fue —por otro lado- muy emocionante para el reportero conocer Tlapehuala, tierra conocida como "La capital mundial del sombrero", por la calidad de los mismos que se fabrican ahí, en donde también se elabora el famoso Pan de Baqueta. Arcelia, la puerta de entrada a la región de la Tierra Caliente, caracterizada por sus mujeres bonitas y sus hombres bravíos, fue también visitada en diversas ocasiones por el reportero; finalmente conoció Tlalchapa, cuyos habitantes eran muy distintos a los del resto de los municipios calentanos y, Cutzamala de Pinzón, en donde parecía que el tiempo se había detenido.

Entre las múltiples charlas que sostenía con la señora Jaramillo, ésta le platicó casualmente sobre una jovencita a la que prestó auxilio hacía ya varias semanas; le comentó sobre una persona que presuntamente murió en el accidente, así como también que la chica era de Acapulco; esto provocó en el reportero un ligero dolor de cabeza y un recuerdo que se agolpó en su mente en donde vislumbraba el mar tropical, las palmeras... parecía que regresaba su memoria. Pero pensó que quizá recordaba alguna foto o alguna transmisión televisiva en donde aparecen constantemente los puertos turísticos de la República Mexicana. En el fondo, realmente comenzó a inquietarle la idea de querer conocer Acapulco.

En Ciudad Altamirano existía otro periódico, el *Debate*, a donde ingresó Francisco Gasca a trabajar luego de concluir su etapa en *El Mensajero de Tierra Caliente*. El director del *Debate* también se llamaba Juan, Juan Cuevas Román. Este era más exigente y, de entrada, marcó muchos errores en la redacción del reportero a quien invitaba a mejorar tanto en la redacción de la *entrada* de las notas, como en el cuerpo de la misma. Le explicó que la noticia debe ser como una "pirámide invertida", es decir, que lo más importante, el desenlace, debe ir siempre al principio. Francisco, quien luego de haber sido jefe de Redacción en *El Mensajero*, creía que ya sabía mucho, pronto se dio cuenta de que había más cosas por conocer, por lo que se dispuso a aprender de su nuevo jefe. Mejoró mucho su redacción, pero continuaba bebiendo; esto provocaba que en ocasiones entregaba su material muy tarde o en ocasiones no lo entregaba. Empezaron algunos problemas con su nuevo director quien, además de exigente, detestaba las bebidas embriagantes y le indicaba continuamente al reportero que si dejaba la bebida realmente podría convertirse en un gran periodista. Por un tiempo, bajó la intensidad con que ingería bebidas embriagantes, y mejoró mucho como redactor.

En su afán por expandir la influencia del *Debate*, Juan Cuevas propuso al reportero trasladarse a Tejupilco -municipio

131

ubicado en el sur del Estado de México-, para trabajar como corresponsal. Era sin duda una oportunidad de incursionar en otros terrenos de la profesión, y aceptó la nueva aventura, sin saber que pronto en ese lugar se encontraría con su pasado, con el retorno al peligro y al propio puerto de Acapulco.

Capítulo 10

TEJUPILCO, CUENTAS PENDIENTES

Tejupilco, Estado de México. En el interior del Hotel La Misión, ubicado en el libramiento de la carretera Toluca-Ciudad Altamirano, *El Negro* Julio, platicaba con sus secuaces.

- Mira Oscar, quiero que regreses a la ciudad de Toluca y que desde ahí te comuniques a Acapulco con el abogado que lleva el caso del *Chalo*, dile que me urge que lo saque de prisión, y que vea si puede echarle la mano también a Lázaro, ya ves que recién cayó en manos de la Policía.

- ¿Y por qué desde Toluca?, ¿a poco en este pueblo no hay teléfono?

- ¡Idiota!, ¿no ves que la Policía nos anda rastreando después de que enviamos al infierno al periodista de Acapulco? Lo que quiero es que, si el teléfono del abogado está intervenido, nos busquen en otro lado, menos aquí.

- Ya entendí *boss*. Por cierto, no hemos tenido noticias de la mujer "resucitada", aquella que Lázaro creyó muerta en el accidente, y que después regresó con vida.

- Esa ya es cuento aparte, me informaron que tiene un feliz matrimonio y que vive tranquila, apartada del periódico, ¡ahora da clases en una escuelita! ¿Te imaginas? Por el momento ella no es peligro, si fuera necesario, le daremos un susto. De momento encárgate del asunto del *Chalo*.

Mientras eso sucedía, Francisco llegaba a Tejupilco sin saber que, quien había ordenado su muerte, el asesino intelectual del hotelero y quien había secuestrado a Johnny, estaba a escasas calles de donde lo había dejado el autobús. El destino los volvía a unir como dándoles la oportunidad de saldar cuentas pendientes. Durante el resto del día buscó dónde instalarse, lo cual no le resultó muy difícil, y una vez que pagó el primer mes de alquiler del departamento, descansó… el día siguiente comenzaría su aventura como corresponsal del *Debate*.

El Negro recién había llegado a esta ciudad con el objetivo claro de volver a pedir una jugosa cantidad de dinero a cambio de Juan Córdoba júnior, pero ahora exigiría a la familia trasladarse hasta un punto cercano de este lugar; "si es que realmente quieren ver vivo a su muchacho", a quien mantenía oculto en una casa de seguridad, mientras que él y sus cómplices se hospedaban en hoteles, y visitaban zonas culturales y de recreación para pasar como turistas.

Eran los primeros días de enero de 1993. El reportero se dirigió en busca de información a las instalaciones de la Presidencia Municipal que encabezaba entonces Francisco Arce Ugarte; como aquí no conocía a nadie, comenzó su labor informativa en esta alcaldía sureña del Estado de México. Luego de enviar sus primeras notas vía fax a Ciudad Altamirano, se dedicó a visitar a los comités municipales de distintos partidos políticos, así como a la Subprocuraduría de Justicia, ubicada en esa ciudad, y a otras oficinas públicas importantes, ya que debería tener una lista de *fuentes* en donde lograr la información que le requerían en el periódico. La ciudad era pequeña, no había mucho de qué escribir, por lo que el reportero tenía que encargarse de todos los temas: política, sociedad, nota roja...

Muy pronto el reportero logró fama por su forma singular de escribir sus notas. Era valiente, imparcial... sentía compromiso con el lector. Ello le valió recibir la invitación para participar como reportero del periódico *Mi Región*, dirigido por José Luis Padilla, a quien conoció en uno de los eventos políticos que se desarrollaban en la ciudad, por lo que ahora trabajaba para ambos medios de comunicación.

Una tarde en que paseaba por el jardín principal de la ciudad tejupilquense, un auto negro con vidrios polarizados circulaba a muy baja velocidad; uno de los tripulantes había ordenado al conductor ir despacio porque "algo" le había llamado la atención: Era nada menos que Francisco Gasca, quien se encontraba curioseando en el establecimiento donde expendían revistas y periódicos.

- Ese tipo me recuerda a alguien —dijo *El Negro* Julio refiriéndose al reportero-, me parece que lo conozco.

En eso, el silbato de un elemento de Policía y Tránsito, y el grito de "¡avance auto color negro!" provocó la distracción del maleante quien le indicó al chofer apresurarse.

- Da la vuelta allá adelante y busca en dónde estacionarte. — Ordenó *El Negro* a quien conducía el vehículo.

Los escasos espacios para estacionarse en el primer cuadro de la ciudad provocaron que los sujetos perdieran algunos minutos. En tanto, el reportero se despedía de la expendedora.

- Hasta mañana.

- Hasta Luego joven.

Francisco ingresó al edificio de la Presidencia Municipal, un instante después, *El Negro* llegaba ante el puesto de periódicos; lamentó que el sujeto al que había visto algunos minutos antes ya no estuviera ahí. Caminó largo rato en torno a ese lugar; quiso indagar sobre él pero... ¿por quién preguntaría?, su curiosidad sólo respondía a un presentimiento, por lo que prefirió retirarse. "¡Qué tontería la mía!, sólo fue uno de tantos tipos que cree uno conocer en el mundo", se dijo al tiempo en que decidió retirarse.

En Acapulco, Alfonso, Poncho, el entrañable amigo del reportero, había continuado con su afición de escribir notas al estilo de Francisco Gasca; un día se le ocurrió enviar una al *Diario Diamante* con la firma de aquel a quien creían muerto.

- ¡Estos bromistas no respetan la memoria de Pancho! — dijo Sarabia, el jefe de Información, a un reportero-, ahora andan escribiendo notas con su firma.

- Quizá lo hacen porque lo admiran, jefe, no hay que molestarnos por eso. Por cierto mire —leían con detenimiento la nota-, el estilo es muy parecido al de Francisco.

-Pues sí, es muy fácil para algunos copiar frases e irlas simplemente modificando o actualizando con otros datos, es decir, hacen sólo una especie de adaptación... o más bien es plagio de la idea. ¡Mejor olvídalo!

En sus ratos libres, para ingresar dinero extra a sus bolsillos, Francisco vendía publicidad para el periódico *Mi Región*, cuyo director le había ofrecido atractivas comisiones. Alberto, propietario del Hotel La Misión, se convirtió en su cliente... después en su amigo; se visitaban frecuentemente. En una ocasión, desayunaban en el restaurante del hotel cuando los maleantes, encabezados por *El Negro* Julio, llegaron a solicitar servicio de alimentos. Saludaron a distancia al anfitrión; el reportero estaba de espaldas por lo que no pudieron reconocerlo. Luego de que los sujetos planearon un *golpe* en la ciudad de Tejupilco, dejaron el comedor para dirigirse al estacionamiento y ahí afinar detalles. Alberto conversaba con el reportero.

- ¿Entonces, qué, me acompañas a San Pedro Tenayac?

- ¿No vas a tardar?, recuerda que debo enviar información al *Debate* y a *Mi Región*.

- Nomás voy a saludar a un cuate y a dejarle un recado.

- ¡Sale!, vámonos pero *de volada*.

- Sí, nomás termina tu desayuno.

En el estacionamiento, los maleantes revisaban sus armas en el interior del auto con vidrios polarizados.

- Aquí están los cartuchos pero… ¿dónde está mi *cuerno de chivo*.

- Creo quedó en el cuarto del hotel —respondió Oscar a *El Negro*.

- Con su permiso, jefe, voy por ella.

En eso apareció una patrulla de la Policía. *El Negro*, consciente de que en Acapulco era buscado, supuso que habían dado con él, así es que giró instrucciones a sus acompañantes, en tanto, el reportero, junto con el hombre de negocios, salían del restaurante y se dirigían también al estacionamiento.

- ¡Saquen el *parque* del auto!

- ¡OK *boss*!, ¡ya está!

- Vámonos pero sin despertar sospechas.

Al salir del lugar, *El Negro* vio por el retrovisor el rostro de Francisco, quien llegaba al estacionamiento junto a su amigo y se dirigían al auto que estaba junto al suyo, sin embargo no pudo identificarlo plenamente porque todo transcurrió en fracción de segundos.

- ¡Otra vez ese cabrón que se me hace conocido! Pero no hay tiempo para perderlo en tonterías… ¡jálate Oscar!

Cruzaron frente a la patrulla que en esos momentos realizaba sólo un rondín de rutina, por lo que el temor de los maleantes había sido infundado debido, eso sí, a los nervios que en ocasiones traicionan hasta al más temible criminal. Francisco y Alberto subieron a la camioneta Pick Up de este último sin saber que en la caja trasera había una bolsa de cartuchos de AK-47 (*cuerno de chivo*) que Oscar, el ayudante de *El Negro*, tiró desde el otro auto al ver a la Policía. Enfilaron rumbo a San Pedro Tenayac, en el municipio de Temascaltepec. Las tierras del sur del Estado de México se caracterizaban por padecer un alto nivel de delincuencia, por lo que constantemente en sus carreteras se realizaban retenes policíacos para la prevención de ilícitos como los asaltos o el narcotráfico. Este era uno de esos días de vigilancia. Sin saberlo, Alberto y Francisco se dirigían a una aventura que no buscaban. De pronto, una indicación para detenerse hizo que el reportero, sin saber por qué, sintiera un ligero nerviosismo.

- Es una inspección de rutina -dijo un Policía Federal de Caminos-, ¿pueden bajar un momento?

- ¡Cómo no! —respondió Alberto indicándole al reportero seguirle afuera del auto-, vamos, Jesús Guerra.

Un frio recorrió el cuerpo del reportero cuando el oficial sacaba de la parte trasera del auto una bolsa con un buen número de cartuchos del arma prohibida.

- ¿Qué es esto señores?, ¿dónde está el arma?

- La mera verdad, no sabemos oficial ya que...

- ¡Cállese! —Fue la respuesta del policía- ¡están en aprietos y no se la van a acabar!

En esos momentos, ya otros elementos policíacos sometían al reportero y al hombre de negocios; sin saber por qué, ya estaban implicados en un ilícito que no habían cometido. Paradójicamente, tampoco tenían coartada para defenderse. Los hincaron en el suelo con las manos a la nuca.

- ¿Quiénes son ustedes?, ¿a qué se dedican?

Mientras Alberto intentaba explicar que no sabían nada y que se trataba de una confusión, el reportero recordó que no traía consigo la credencial que lo acreditaba como colaborador del *Debate*, pues la había olvidado en Ciudad Altamirano y, además, no portaba ninguna otra identificación, ya que todas las había perdido en el accidente.

Francisco y Alberto fueron trasladados a la Subprocuraduría de Justicia del Sur, en Tejupilco. El hecho de que el reportero no portaba identificación alguna agravaba su situación; al mismo tiempo, no podían explicar por qué los cartuchos de AK-47 aparecieron en la camioneta. Pasaron varias horas... Francisco Gasca de pronto quería recordar el pasado; no sabía qué había hecho para terminar sus días en una celda acusado de portar cartuchos... o un arma prohibida o quién sabe de qué otra cosa; no recordaba alguna situación similar en que hubiese estado, con policías

140

vigilándole, con esos ojos inquisidores... acusadores. Por fin apareció uno de los oficiales que le habían detenido; el periodista sentía que de un momento a otro escucharía una sentencia o algo parecido, tampoco recordaba sobre cómo enfrentar algún proceso judicial por delito cualquiera, lo hubiera o no cometido, se consideraba hombre de paz, respetuoso de las leyes y sus semejantes.

- Todo esto ha sido un error que ya fue aclarado, joven, puede retirarse.

Las palabras le sonaron mágicas. De inmediato abandonó las instalaciones de la representación social; Alberto también fue liberado tras explicar lo ocurrido y tras comprobar su inocencia. Ahí, al parecer, había quedado el incidente.

Capítulo 11

REDESCUBRIENDO EL GÉNERO

Al día siguiente, una noticia que apareció en la prensa local le llamó la atención: "Detienen a reportero y empresario con cartuchos de AK-47". La nota detallaba que los presuntos implicados habían escondido las armas, pues nunca aparecieron, y que seguramente –se especulaba– que llegaron a un arreglo económico con la Policía para poder salir libres en tan poco tiempo.

La noticia llegó hasta las instalaciones del diario *Debate*, cuyo director, quien era muy estricto con la disciplina del personal, ordenó darlo de baja; supuso que la afición por la bebida del reportero estaba causándole problemas y no quería que estos llegaran al periódico.

Francisco se sintió incómodo, víctima de una injusticia y de la irresponsabilidad de quien escribió la nota, y de pronto pensó en todas esas personas que están detenidas o purgando condenas en los reclusorios… y sintió la necesidad de conocer las circunstancias en que llegaron a cometer, o no, sus delitos, incluso pensó que en cada acusado debe haber una historia que requeriría ser contada… era un sentimiento muy similar al que lo impulsó a modificar el género periodístico cuando ostentaba su nombre real en el *Diario Diamante*, de Acapulco. La mente, aunque te divida en dos o más personalidades, es una, de eso no cabe duda.

Un día después, acudió ante el subprocurador de Justicia del Estado de México, cuya oficina estaba en esa misma ciudad, Tejupilco. Hablaron sobre el incidente en que se vio envuelto, que afortunadamente ya se había aclarado, y de sus reflexiones en torno al trato que se da a las personas acusadas; entonces le pidió permiso para entrevistar, con fines exclusivamente periodísticos, a quienes estuvieran detenidos. Al igual que lo hizo en Acapulco en su personalidad de Francisco Gasca —otra rara coincidencia-, ofreció que no preguntaría si son inocentes o no, y que tampoco ofrecería ayuda, ni ser intermediario de nadie. No cabía duda que la esencia del periodista estaba intacta a pesar de creer que en realidad era Jesús Guerra. El funcionario aceptó, luego de dejar claras las condiciones. Se estrecharon las manos en señal de pacto... el reportero tuvo acceso enseguida a un sujeto que estaba detenido, a quien logró entrevistar... luego se alejó rumbo a la Redacción de su periódico.

José Luis Padilla, el director del periódico, sostenía un ejemplar en su mano izquierda, con el dedo índice de la derecha señalaba la nota publicada este día y que ocupó el lugar principal de la portada.

- ¿Qué pasó con esto? Me fui a Toluca un par de días, te dejé a cargo de la oficina, y me sales con esta jalada. Ahora resulta que estos malandrines son unas *blancas palomitas*. Se han de estar riendo de nosotros allá afuera.

- Tranquilo, jefe...

143

- ¿Cómo pides que me calme si me has decepcionado? Yo confié en ti la edición del periódico mientras yo ando en busca de convenios, en busca del dinero para subsistir, para pagar sueldos y, tú... seguramente te pusiste borracho otra vez.

- No me diga eso...

- ¡Te conozco muy bien, cabrón! ¡puro *chupar* quieres!

- Mire... sí, tiene razón... últimamente le he metido a las cervezas con ganas... es que tomo una y ya no puedo parar hasta ponerme *hasta atrás*. Pero al día siguiente le paro... y vuelvo a beber hasta el otro fin de semana... o antes, a veces.

- Bueno, no importa, a mí también me gusta *chupar*... ¡digo, sin albur!, pero ¿qué ondas con la nota en donde parece que eres amigo de facinerosos que están pagando culpas ante la ley?

- Le explico, jefe: en la nota sólo estoy refiriéndome al pasado de un detenido, quien está acusado de haber golpeado a un hombre hasta casi matarlo, y no estoy cuestionando si es culpable o no, no es mi intención... lo que sí destaco es que se trata de una persona cuyo padre, cuando era niño, nunca reprendió sus malos comportamientos, y que por eso siempre había creído que no había reglas en la sociedad y, aparte, su madre todo el tiempo resolvía el desorden del niño, y limpiaba donde ensuciaba... así lo hicieron por años, conforme crecía, por lo que el hombre creció pensando que otros pueden resolver los destrozos que hiciera, y por eso andaba por allí golpeando gente sin sufrir consecuencias hasta que hoy casi mata a alguien, fue denunciado, y aquí está... y aclaro, en ningún momento escribí que fuera inocente, ya que no es mi intención eximirlo de culpa alguna ni condenarlo, porque no soy juzgador.

El director se quedó pensativo... en esos momentos llegaban voceadores... era poco antes del mediodía.

- Señor, señor... ¿ya no hay periódicos? Ya vendí todos los que me llevé esta mañana... y aún no recorro ni la cuarta parte de mi ruta...

- Yo también quiero más periódicos... ¡están volando!

- Eres un cabrón –dijo José Luis Padilla al reportero- tu pinche nota pegó... ¡creo que te voy a invitar un trago!

- De acuerdo... pero antes ordenaré que impriman más periódicos para que estos camaradas continúen hinchándose de dinero, jajaja. Pero, antes, le quiero reclamar algo... ¿por qué me invitará sólo un trago?, ¿es lo que se merece la *estrella* de *Mi Región*?

Ahí estaba de nuevo la autosuficiencia, la arrogancia de Jesús Guerra en claro parecido a su personalidad real, la de Francisco Gasca.

A partir de ese día, la situación en el periódico *Mi Región* cambió, las ventas subieron de manera extraordinaria, los patrocinadores se multiplicaron; estaban contentos con el nuevo enfoque que le daban a la nota roja, que ahora ya no perseguía a delincuentes, sino que profundizaba en sus motivos, en sus orígenes; humanizaban a quienes estaban acusados de cualquier delito, y ahora ya no se trataba de buenos contra malos, sino de seres humanos que las circunstancias los habían llevado hasta donde hoy estaban… si bien no se trataba de justificarlos, sí de entenderlos.

Había pasado casi un año desde la llegada del reportero a Tejupilco. Esto le había permitido adentrarse en el mundo de la política local; eran tiempos de campañas electorales. En uno de esos eventos multitudinarios, encabezados por Epigmenio Antonio Santos, quien buscaba la alcaldía por el partido —entonces- en el poder, Francisco tomaba fotos desde diferentes ángulos para ilustrar su información. En esos momentos, una vez más, circulaba ese auto negro de vidrios polarizados.

- ¡Estaciónate! —Dijo *El Negro* a Oscar-, ahí está de nuevo ese cabrón que me parece conocido.

Bajaron del auto, presurosos; en esos momentos el orador daba por terminado el evento político; la multitud se arremolinó para saludar al candidato. Los periodistas de distintos medios tomaron algunas imágenes y se retiraron a sus respectivas oficinas con el objeto de redactar su información. Esto impidió que los maleantes volvieran a encontrarse con Francisco.

- ¡Lo perdimos una vez más, maldición!

- Creo que le está dando demasiada importancia al asunto, *boss*, recuerde que tenemos otras cosas más importantes qué hacer, como conseguir lana, antes de dedicarnos a realizar la operación del intercambio del júnior Cordoba por el dinero.

- ¡A mí no me digas lo que tengo qué hacer!... aunque creo que tienes razón. Mejor jálate hacia el banco, es hora del *golpe*.

Francisco iba caminando rumbo a su oficina y, al pasar frente al banco de la localidad (sólo había uno) escuchó detonaciones de armas de grueso calibre. Su instinto de conservación le hizo tirarse al suelo.

"Esto no me lo esperaba -se dijo-, pero mientras tanto, hay que trabajar... lo bueno ¡huf!... que aún traigo medio rollo (de la cámara fotográfica).

El Negro y sus secuaces huían con el botín de la sucursal bancaria, no dejaban de disparar, ya que habían encontrado resistencia por parte de los elementos de seguridad; atrás habían dejado a un par de empleados en un charco de sangre. El periodista alcanzó a accionar su cámara un par de veces, tras lo cual continuó tirado boca abajo presintiendo que había sido descubierto, pues unos pasos apresurados se acercaban hacia él. Eran algunos ciudadanos que huían entre el desconcierto. El chillar de las llantas indicó al reportero que los maleantes habían huido.

Un día después el periódico *Mi Región* publicaba en su plana principal "Cuantioso botín logran desconocidos; dos muertos". En el resto de la información se daba a conocer que los sujetos tenían un "acento costeño", según versión de los empleados del banco; también se incluían las fotos de dos de los personajes cuyos rostros eran cubiertos con ligeros pasamontañas. En el hotel La Misión, *El Negro* rabiaba.

- ¡Maldición, mil veces maldición!, ¿quién nos pudo tomar estas fotografías?, tal parece que los reporteros me persiguen por todos lados y... ¡idiota! ¿Cómo no me di cuenta?

- ¿Qué pasa, jefe?

- ¡Ya recordé! Ese sujeto que me ha traído dolores de cabeza es nada menos que... ¡nooo!, no puede ser, Francisco está muerto, casi lo olvidaba.

- Claro jefe, acuérdese que hasta misa le hicieron en Acapulco, y su enamorada se casó para curarse el desconsuelo.

- Tienes razón pero... a ver, pásame el periódico, ahí debe estar la firma del reportero que escribe... aquí dice... "Por Jesús Guerra".

- Le dije jefe, no puede ser él.

- Pero... ¿y el parecido? Es idéntico, el cabrón.

- Dicen que en el mundo tenemos no sé a cuantos *dobles*.

- De cualquier manera, si en Acapulco eliminamos a un entrometido, aquí también lo podemos hacer, así es que ¡localízamelo lo más pronto posible!

- Ok, *boss*.

Aunque lo ignoraba, Francisco era buscado ya por los secuaces de *El Negro* Julio. Pero lo hacían sólo en sus ratos libres, pues no conocían muy bien la ciudad ni los lugares que frecuentaba el reportero; además, constantemente acudían a los bares de la ciudad; gustaban de convivir con las chicas que acudían a esos lugares.

- Me gustan las *chicas malas*... aunque algunas no son tan malas —decía constantemente Oscar cuando se encontraba en los brazos de alguna-, así es que vamos a seguirle toda la noche... ¿o no ricura?

- Claro que sí; tú sí sabes apreciar lo bueno del sur del Estado de México, no como los de Toluca, que vienen al banquete y traen tortas.

Debido a que los maleantes contemplaban la posibilidad de ser descubiertos por la Policía en uno de sus movimientos para cometer fechorías, decidieron cambiar constantemente de centro de operaciones, por lo que se mudaron al Hotel Rosamaría.

En una ocasión en que Francisco realizaba una de sus entrevistas en el interior del Restaurante Jarro, escuchó que alguien llegaba escandalizando y exigiéndole al encargado servicio de bebidas embriagantes.

- La neta -dijo el encargado del negocio-, no te puedo vender porque ya vienes muy tomado.

- No seas cabrón, ¡hic!, amigo, tú siempre me vendes desde que llegué a esta ciudad; ya sabes quién soy... véndeme dos cubas, ¡hic!, y ya me voy...

- De veras, no puedo, carnal.

- No hay pedo, será para la otra, ¡Oscar! Vamos al Mirador, allá sí hay ambiente.

Salieron del local ubicado en el primer cuadro de la ciudad. Conversaron un momento a la salida del mismo... Francisco, no obstante la conversación en la que participaba, alcanzó a escuchar las palabras de quienes resultaron ser los maleantes que le buscaban.

- ¿Sabes, Oscar? Traigo ganas de echarme *al plato* a alguien, ¿qué te parece si mejor buscamos de una vez al reporterillo de nota *roja* de *Mi Región*?

- ¡Me parece buena idea!, si quieres, *boss,* ¡hic! De una vez, manos a la obra…

Al escuchar esto, Francisco reaccionó "¿reportero de nota *roja* de *Mi Región*?"; sabía que era el único que laboraba para el periódico en esa sección. Todo era muy raro. Pidió permiso a la persona con quien conversaba para levantarse de la mesa y se asomó por una de las ventanas; alcanzó a ver dos sujetos ebrios que abordaban un auto. No los reconoció, sin embargo, nuevamente tuvo un ligero dolor de cabeza y,

150

sin saber por qué, su mente evocó al puerto de Acapulco así como la imagen de un periódico, el *Diamante*, que en su portada incluía una fotografía que le hizo recordar un rostro... sí, parecía el del sujeto que acababa de salir del restaurante pero... ¿quién era? Los recuerdos volvieron a abandonarle. Regresó a la mesa a continuar con la entrevista pero, antes, escribió en su libreta de apuntes: "*Diario Diamante*, Acapulco", tal vez para encargarse más tarde del asunto o esperar a recordar algo más al respecto.

El Negro Julio no tuvo éxito en la búsqueda del reportero ya que, por el estado en que andaba, sólo buscó algunos minutos y enseguida continuó la parranda en el hotel... y finalmente quedó dormido... despertó hasta el día siguiente.

"Asesinan en Tejupilco a un reportero del Diario *Mi Región;* escribía la nota *roja*". La información, publicada por otro periódico local, era leída por *El Negro* Julio en el interior del Hotel Rosamaría; no se asentaba el nombre de la víctima debido a que sus pertenencias personales habían sido desaparecidas por los asesinos. Los vecinos de Tejupilco lo habían reconocido cuando las autoridades levantaron su cuerpo, ya que anteriormente había trabajado para el periódico y en estos momentos andaba por aquí de paso. *El Negro* creía haberse deshecho de Francisco.

- La última noticia... sí, esta fue la última noticia para un reportero más que se entromete en mis asuntos.

- Y así seguirá sucediendo a quienes se metan con nosotros, *boss*.

151

- ¿Sabes Oscar? Ya no me gusta este hotel, búscate otro más céntrico.

- Hay uno por allí, el Hotel Juárez ¿qué le parece?

- Me parece muy patriótico, vamos allá.

Luego de concluir una jornada más de trabajo, Francisco intentaba establecer contacto con el puerto de Acapulco, quería salir de una duda. En efecto, una vez que le confirmaron sobre la existencia de un diario llamado *Diamante*, llamó a las oficinas.

- *Diario Diamante*, a sus órdenes.

- Este... sí, gracias señorita... ¿Podría comunicarme con su jefe inmediato?

- ¿Con quién quiere hablar concretamente?

- Con quien sea... algún jefe —Francisco obviamente no sabía ni qué decir, estaba perturbado-, ¿hay algún jefe por allí?

- Lo comunico con el Jefe de Información, el señor Sarabia.

- Está bien señorita, gracias.

- ¡Sarabia, a sus órdenes!

- ¿Qué tal señor Sarabia?, mi nombre es...

- ¡Queee!

Sarabia quedó mudo al escuchar... esa voz... esa voz era nada menos que de... ¡Sí, de Francisco!, pero luego pensó, muy confundido, que Francisco estaba muerto, sin embargo parecía escucharle al otro lado de la línea telefónica.

- ¿Eres tú, Francisco?

- No señor, habla Jesús Guerra, y si llamé a este número fue para salir de una duda, pero en realidad, nada importante... si me permite colgaré y... ¡disculpe las molestias!

- No... ¡No cuelgue por favor!, al menos diga cómo localizarlo, a qué se dedica.

- Soy periodista y... le ruego una vez más que me disculpe, esta llamada me saldrá cara si la prolongo...

- Permítame, deme su número de teléfono y enseguida yo le marco.

- No creo que sea muy necesaria esta conversación, pero bueno... así quizá usted me saque de otras dudas que me tienen un poco atarantado. Apunte...

Minutos más tarde, Sarabia estaba conversando con Francisco, quien obviamente creía que se llamaba Jesús Guerra.

- Así es que usted es reportero —decía Sarabia-, y cuénteme, ¿cómo es la vida en ese lugar llamado Tejupilco?

- Pues es un municipio muy bonito; la temperatura es envidiable, y tal vez lo que falta aquí, para su crecimiento, son fuentes de empleo... aquí se paga muy barato a la gente... incluso los periodistas sólo vamos sobreviviendo... eso sí, muy orgullosos por participar en la formación de la opinión pública de esta gente tan especial, tan agradable.

- Oiga, usted me dice que gana muy poco como reportero, ¿no ha pensado en aumentar sus ingresos?

- Tal vez pero... ¿Cómo?, el periodismo me exige tiempo completo, usted debe saber, no hay horario para nosotros, y por eso no podría dedicarme a otra cosa.

- ¿Por qué no escribe para nosotros? Podría ser corresponsal.

- ¿Corresponsal del *Diamante*? No sé, no conozco muy bien a la gente de Acapulco... no sé si mi material les guste.

- ¿Qué te parece si te pones a prueba?

-Bueno... eso sí podemos intentarlo; si no le gusta mi trabajo, me bota, de lo contrario, me da un buen sueldo... y comenzamos de volada, ¿de acuerdo?

Sarabia no lo podía creer... estaba seguro que Francisco estaba muerto, sin embargo lo que escuchaba le parecía poco menos que increíble: La frase "si no le gusta mi trabajo, me bota, de lo contrario, me da un buen sueldo... y comenzamos de volada", sólo la pudo haber dicho nuevamente, con casi 100 por ciento de exactitud, aquel que lo hizo hace algunos años frente a él.

En Acapulco, Poncho, el amigo de Francisco, seguía con su afición de escribir de vez en cuando al estilo del reportero y, cuando podía, enviaba las notas al *Diario Diamante,* en donde todos estaban seguros que se trataba de un admirador que imitaba su estilo; se habían ya acostumbrado a recibir los escritos y a leerlos una y otra vez; con esta acción, de alguna forma mantenían vivo el recuerdo de aquel a quien creían muerto pero de quien, sin saberlo, pronto tendrían noticias. Comenzaron a llegar notas de Francisco al periódico que —desde luego- iban firmadas por el seudónimo Jesús Guerra.

- Muy interesantes reportajes —decía Sarabia al leer-, no cabe duda que Tejupilco es otro mundo.

- Así es jefe —decía por su lado Martha-, sólo que veo un poco de inmadurez en el reportero, y como que le falta un poco de actualización al estilo… ¿no cree?

- Veo que has aprendido algo del oficio durante este tiempo que llevas al frente de la computadora… algún día te voy a mandar a reportear, tal vez te guste y dejes ese trabajo tan aburrido.

- ¡Qué va, jefe! Quien nace para periodista debe llevar por dentro el talento o la voluntad para servir de una forma tan especial al público lector que, dicho sea de paso, cada día es más exigente.

- No precisamente es así, los defectos como las virtudes y los talentos también se forman con el tiempo; a veces en nuestro hogar; a veces en la calle, o en los lugares de trabajo, aprendemos cosas buenas o malas, y finalmente todo depende del camino que cada individuo desee tomar; lo mismo pasa con las profesiones, a veces estudias una carrera, pero te dedicas a una cosa... y resulta que tienes talento para otra... y es bueno cambiar el rumbo, a la edad que sea, nunca será tarde.

- Tiene razón... recuerdo, por cierto, ahora que analizaba esta nota de Jesús Guerra, que hacíamos los mismos comentarios con las notas de Francisco, quien a la postre se convirtió en uno de sus favoritos.

- ¿Sólo mi favorito? ¡Qué va! Era favorito del público lector, recuerda que la gente marca la pauta aquí y en muchas otras actividades... pues sí, él era diferente a los demás, muy alegre... incluso me transmitía la buena *vibra* cuando yo andaba de malas y...

- ¿Qué le pasa? de pronto se quedó usted serio...

La cara del jefe de Información se entristeció repentinamente; un semblante de nostalgia contagió a Martha, quien también bajó el rostro mientras abrazaba a su jefe inmediato.

- Creo que... de pronto nos pusimos nostálgicos... yo también sentí la necesidad de tenerlo cerca; recuerde que siempre estuve enamorada de Francisco... pero no me hizo caso, tal vez porque prefería a Lulú... y mi infortunada amiga también se quedó sin su compañía.

- Mejor hay que cambiar de tema... anda, ponte a transcribir esto… y ya después veré qué trato le vamos a dar y... ¡nada de lágrimas!

- Claro que no... ¡Pero usted tampoco chille!

Las primeras notas de la corresponsalía de Tejupilco circularon al siguiente día en el puerto de Acapulco. Para algunos lectores pasó inadvertida la inclusión de información sobre ese municipio del Estado de México, pero a otros les parecía interesante conocer, a través de la lectura, sobre otra cultura, otras costumbres... después de todo, eso llega a ser el periódico para muchos: Un intercambio cultural. Una de esas personas que mostraron interés por los reportes desde Tejupilco era precisamente Lulú, quién hojeaba el periódico luego de regresar de dar clases. Su familia se suscribió al diario desde que ella trabajaba ahí; después de su salida seguían recibiéndolo porque era considerado el mejor, tanto en contenido informativo, como en la calidad de sus columnistas y editorialistas, además de que contaba con otras secciones especiales que sólo tenía el *Diamante*, lo que lo hacía atractivo para la gente de cualquier edad y de cualquier nivel económico, político y social. Sin saber por qué, Lulú mostraba extraño interés en lo que estaba leyendo; "para ser pura curiosidad, ya me tardé con esta nota", se decía, pero se negaba a despegar la vista del escrito. De pronto, sin saber por qué, recordó a Francisco y sus primeros reportajes

157

llevados a la redacción del *Diamante*; el recuerdo la perturbó pero seguía leyendo, de inmediato se levantó, se dirigió al teléfono y marcó un número al que había prometido no volver a llamar.

- *Diario Diamante*, a sus órdenes.

- ¿Eres tú, Martha?

- ¡Lulú, manita!, mira nomás qué milagro, el día de ayer precisamente quería llamarte por teléfono, pero la última vez que nos vimos nos cortaste muy feo, dijiste que no querías saber nada de lo que te oliera a *Diario Diamante*, pero dime, ¿para qué soy buena?

- ¿Ya viste lo de Tejupilco?

- Claro que sí, por eso te quería llamar.

- ¿A quién te recuerda el tal Jesús Guerra?

- ¿A… Francisco?

Martha había *dado en el clavo*. A pesar de que Francisco había perdido la memoria en aquel accidente de Coyuca de Catalán, sus escritos cada día cobraban mayor similitud con los logrados en sus mejores tiempos, después de todo se trataba de eso, de un talento natural que volvía a manifestarse a través de la práctica.

- Pero tú y yo… y todos sabemos -decía Lulú al teléfono-, que eso no puede ser, que Francisco murió.

- Pues sí —respondió Martha-, desgraciadamente así es, pero cuando leía la nota de Jesús Guerra sentí de pronto que estaba cerca de Pancho, ¡que en paz descanse!

- Yo sentí lo mismo, recuerda lo mucho que lo quise y... ¡Jesús, qué estoy diciendo!, yo casada y pensando en otro hombre... ¡qué pena!

- ¿Pena?, ¿pero, por qué? el amor es un sentimiento del corazón, no es del pensamiento, por lo tanto no puedes controlarlo... ¡benditos los que sienten el amor! esto significa que sí hay un humano en nuestro ser.

- De cualquier manera, Martha, prefiero que olvidemos el incidente y de las notas de este tal Jesús Guerra. Te dejo... ¡Traigo mucha hambre! Haré algo de comer y me olvidaré de este asunto.

- Pues te echas un taco por mí, yo todavía voy a tener un buen *round* con esta computadora. ¡A ver cuándo nos hablamos para charlar de asuntos sin importancia!

- En cualquier rato manita.

- Adiós, mana, y gracias por la llamada.

Lulú colgó. Había prometido olvidarse del asunto, pero se trataba de algo más fuerte que ella misma. "Todo esto es muy raro", se dijo, y volvió a echar otra mirada a la sección Tejupilco del *Diamante*.

De regreso a aquel apartado municipio, Francisco Gasca se acostumbraba poco a poco a trabajar otra vez para dos periódicos, *Mi Región* y *Diario Diamante*; después de todo, enviar la misma información a los dos diarios no representaba competencia para ninguno: Uno circulaba en la región de Tierra Caliente, y el otro en las costas guerrerenses, principalmente.

Capítulo 12

EL RESCATE

En uno de los cuartos del Hotel Juárez, *El Negro* Julio, conversaba con sus cómplices.

- ¿Qué pasó con el júnior?

- Está en el cuarto de a lado, el pobre estaba muy aburrido en esa casa de seguridad, pero ya le dije que si su familia nos da lo que pedimos, pronto estará bronceándose en Acapulco, tomando una piña colada y junto a unas *ladies*.

En efecto, varios meses habían pasado desde el incidente en que el júnior Juan Córdoba fuera secuestrado, sucesos tras los cuales su padre, del mismo nombre, conocido hotelero, fuera asesinado por *El Negro* Julio y su banda, tras intentar engañarlos durante el rescate del joven. Ahora estaba aquí en Tejupilco, amordazado en una de las habitaciones del hotel.

- ¿Ya te comunicaste con la ruca, Doña Carolina Ordóñez?

- Sí, jefe —respondió Oscar -, parece que ya se olvidó un poco de la muerte de su viejito, y ahora sólo le interesa salvar a su *retoñito*.

- Pues ve preparando todo… y ahora pide 50 por ciento más del rescate, hay que cobrar nuestro hospedaje, alimentación y una que otra parranda, a este júnior. Los gastos de operación aumentaron.

En Acapulco, la familia Córdoba Ordóñez se reunía; doña Carolina se dirigía a los demás integrantes.

- Tenemos que pagar una suma importante de dinero, pero ni modo, la vida de mi Johnny es más valiosa.

- Eso ya está discutido —comentó uno de los hermanos de la dama, Raymundo- entre todos aportaremos lo necesario para reunir la cantidad que piden esos tipos, pero sin que ello desestabilice a ninguno de nuestros negocios, pero... ¿ya te explicaron de qué forma y en donde se realizará la transacción?

- Estoy esperando una llamada —respondió la señora-, lo cierto es que ahora el intercambio del dinero por Johnny será en un lugar fuera de Acapulco, incluso parece que será en otro estado.

- Pero eso puede muy arriesgado y...

- ¡Por favor!, no hay que hacer más difíciles las cosas, ya perdí a mi esposo y no quiero perder a mi hijo... hay que hacer lo que nos piden, tendremos que confiar en esos desalmados y... ¡sea lo que Dios quiera!

En esos momentos sonó el teléfono; Lupe, la joven trabajadora del hogar, pasó el aparato a Doña Carolina.

- Es para usted señora, parece que son ellos...

- ¿Bueno?, sí, soy yo... estamos a sus órdenes... pero antes deseo escuchar a mi hijo, saber que está vivo.

162

Cinco segundos más tarde...

- ¡Hijo, hijo, mi Johnny!, ¿cómo estás mi niño?

Las lágrimas rodaban ya por las mejillas de la cansada señora.

Fueron escasos los segundos que Doña Carolina conversó con Johnny; enseguida los maleantes daban instrucciones a la distinguida señora sobre cómo, cuándo y dónde, se efectuaría el intercambio: El dinero por el plagiado.

- Tenemos que ir a un lugar llamado Tejupilco, en el Estado de México... hay una villa llamada Luvianos, y ahí se encuentra un balneario importante: Las Lomas —informó la dama-, ahí nos darán más instrucciones.

- ¿Pero cómo? No entiendo, no conocemos esos lugares —intervino el tío Raymundo- ¿cómo vamos a hacer lo que nos piden?

- Mejor vamos a serenarnos y a pensar cómo llegar a Tejupilco; luego pensaremos en Luvianos y después en Las Lomas... y finalmente en cumplir para recuperar a Júnior.

Días más tarde, el Balneario y Centro Recreativo Las Lomas recibía al personal de la Presidencia Municipal de Tejupilco; festejaban el Día de la Secretaria y, como era de esperarse, no sólo secretarias acudieron, sino además el mismo presidente municipal, el síndico, los regidores, jefes de departamento... ¡hasta Francisco, en su identidad de Jesús Guerra, había sido invitado! Llevaba buenas relaciones con la mayoría de los asistentes.

- ¡Hey, Jesús Guerra, ven a tomarnos unas fotografías! Queremos salir en la página de Sociales de *Mi Región*.

- ¡Ahí les voy! Nomás dejen echarme otro *cruzadito* con Evangelina.

Evangelina era secretaria de una de las direcciones del gobierno municipal, con quien el reportero había hecho una amistad especial... incluso hasta parecía que se atraían, al menos físicamente. La dejó un momento para ir a tomar algunas imágenes. Constantemente lo hacía como una mera atención a la gente con la que convivía como reportero. Una vez revelado el rollo, separaba las fotos para el periódico y las de los *cuates*, a quienes regularmente las obsequiaba. Luego de un rato, regresó con Evangelina a seguir disfrutando del buen clima de este lugar.

- Ya regresé, güerita; espero que no te hayas desesperado ni puesto celosa; ya sabes que de pronto soy muy solicitado pero... ¡aquí me tienes para ti solita!

- Mejor tómale a tu copa, ya te quedaste atrás.

- Hasta *atrás* nos vamos a poner si seguimos tomando a este ritmo.

- ¡Salud!

Dieron un gran sorbo a la copa y de pronto quedaron uno frente al otro... la música sonaba allá al fondo, suave... parecía el momento propicio... y lo fue... se fundieron en un tierno beso que duró unos 10 segundos, tras lo cual se separaron con una interrogante en sus rostros... quizá estaban confundidos... luego sonrieron a manera de complicidad y aceptación.

El reportero no sabía qué decir... y se encaminó, con la copa en la mano, hacia la parte oriente del balneario.

- Aquí hay una vista bien chingona, Evangelina... cambiaré la lente de la cámara a ver si capto algo que esté un poco más allá de lo que alcanzamos a ver a simple vista... todo el escenario es interesante, pero buscaré lo mejor...

Al enfocar su cámara, Francisco captó a unos bañistas que salían del centro recreativo y se dirigían hacia donde había espesa vegetación.

- Esto está muy curioso... ¡Hey, qué pasa ahí!

De pronto soltó la cámara, la cual no cayó al suelo porque estaba sujeta al cordón que llevaba al cuello. Corrió hacia las oficinas del lugar.

Evangelina miraba con curiosidad y sorpresa al reportero... no comprendía su actitud y tampoco pudo emitir palabra alguna, sólo abrió los ojos lo más que pudo y lo siguió con la mirada.

- ¡Un teléfono... necesito un teléfono!

El periodista llegó hasta donde el dueño del balneario atendía cuestiones de contabilidad interna. Tomó el teléfono al tiempo que se justificaba.

- ¡Perdone señor, pero esto es una emergencia!

Mientras, a unos cuantos metros de ahí se encontraban los bañistas que minutos antes habían salido; tenían un maletín en la mano. Sí, se trataba de la señora Carolina que ya estaba ahí para rescatar a Johnny; traía el dinero y era acompañada por el tío Raymundo. Según las instrucciones de los captores, habían de esperar, ocultos, la señal para hacer el intercambio. En esos momentos llegaba el reportero alertando a las personas.

- ¡Hey, señores!, ¡están en peligro, salgan de aquí porque están rodeados por varias personas armadas... los vi desde allá arriba!

- ¡Váyase muchacho, lo está echando a perder todo! —Decía desesperada Doña Caro- ¡váyase por favor!

El Negro Julio, quien estaba a escasos metros mirando a través de unos gemelos, no podía creer lo que presenciaba.

- ¡Imposible! Otra vez ese estúpido reportero de Acapulco... entonces no murió, está aquí... ¡vayan por él, se acabó el trato, no entregaremos al júnior... mátenlos a todos!

- ¡Corran —seguía gritando Francisco- nos van a matar!

Se inició una persecución; en su carrera, el reportero tropezó y al caer, su cabeza golpeó en una piedra. Quedó desmayado. Uno de los secuaces de *El Negro* apuntó el arma sobre su indefensa humanidad…

- ¡La Policía... llegó la Policía... huyan!

Cuando los secuestradores intentaron reaccionar, ya estaban cercados, por lo que se inició una balacera. Johnny, quien sólo estaba amordazado, al perder la vigilancia de *El Negro*, quien también participaba en el tiroteo, corrió como pudo sabiendo que, como estaban las circunstancias, de cualquier forma moriría. Doña Carolina y el tío Raymundo estaban agazapados; sólo escuchaban los disparos. De pronto todo quedó en silencio; *El Negro* y dos de sus cómplices, que aún quedaban con vida, salieron con las manos en alto. Al verse perdidos, prefirieron rendirse.

- ¡Estúpido reporterillo! Jamás creí que serías precisamente tú el culpable de toda mi mala suerte.

En esos momentos, el aludido recobraba el conocimiento. Se extrañó al ver abrazos de felicidad y a tres sujetos con el rostro descompuesto por la ira.

- ¿Qué pasa?, ¿yo que hago aquí? —Preguntaba el reportero mientras se tocaba la parte de la cabeza que había golpeado con la piedra- ¿qué lugar es éste?

- Óigame —intervino doña Carolina, ya recuperada del susto-, yo a usted lo conozco, ¿no es el reportero del *Diario Diamante?*

- Claro que sí señora... Carolina... pero yo no me explico qué hago aquí.

- ¿Cómo no?, usted llegó gritando como loco, y por poco echa a perder todo... por suerte, llegaron los policías y... por cierto, ¿cómo fue que llegaron hasta aquí?

- Recibimos una llamada telefónica del reportero aquí presente —respondió el comandante Mondragón de la Policía Judicial del Estado-, ¿o no, Jesús Guerra?

- Un momento —replicó el aludido- yo soy Francisco Gasca, ¿cómo está eso de Jesús Guerra?

- Yo no sé qué pasa contigo, pero desde que llegaste a Tejupilco siempre nos has dicho que te llamas Jesús Guerra.

- Pero yo lo conozco por Francisco allá en Acapulco —agregó doña Carolina- además... ¿qué no había fallecido en un accidente? Allá en el puerto ya lo dan por muerto... y hasta una placa develaron en su memoria en el *Diario Diamante*.

Francisco quedó en silencio. Quizá trataba de recordar algo... porque no comprendía nada de lo que sucedía, ¿por qué aparece en un lugar del cual nada sabe? De pronto recordó los últimos instantes en que había tenido conciencia de su verdadera identidad... y recordó a Lulú.

- ¿Dónde está ella?

- ¿Quién es *ella*? —Preguntó el policía- ¿de quién hablas?

- Lulú, la muchacha que me acompañaba cuando me accidenté en Coyuca de Catalán.

- Pues… eso no lo sabemos pero, mientras tanto, te necesitamos como testigo; tú fuiste quien nos dio aviso sobre lo que sucedía en este lugar.

- Pero, yo no sé nada de lo que me están hablando, no recuerdo nada.

- A ver... traigan a uno de los detenidos.

De la camioneta salió un policía y a su lado iba *El Negro* Julio, quien aún no digería el hecho de haber caído en manos de la ley, y precisamente por culpa de aquel a quien creían muerto.

- ¿Conoces a este tipo?

El reportero lo miró fijamente; recordó entonces el incidente en Acapulco en el cual había perdido la vida Juan Córdoba, el hotelero, pero no recordaba lo que había sucedido minutos antes aquí, en Tejupilco.

- Te pregunté si lo conocías —repitió el de la Judicial- parece que te impresionó ver a este maleante; no temas, si se trata de un *pájaro de cuenta* te aseguro que no saldrá del *bote* en muchos años.

- Claro que sí lo conozco... es uno de quienes asesinaron a don Juan Córdoba.

- Y de lo sucedido hace unos momentos… ¿qué nos puedes decir? Estuvieron a punto de cobrar el rescate del joven Johnny y tú nos alertaste sobre su presencia en este lugar.

- No... No recuerdo nada; les juro que lo último que recuerdo es el accidente en el que me acompañaba Lulú.

- Creo que se trata de un caso de amnesia... pero con lo que acabas de declarar respecto a los ilícitos cometidos por este sujeto, tenemos suficientes argumentos para que, de momento, no pueda quedar libre junto a sus cómplices.

La balacera había alertado a los bañistas de Las Lomas por lo que, una vez concluido el escándalo, funcionarios y empleados de la Presidencia Municipal llegaron hasta la zona del incidente. Evangelina —con la mirada preocupada y los ojos a punto de soltar las lágrimas- se echó a los brazos de Francisco.

- ¿Qué pasó aquí Jesús?, ¿por qué corriste como loco y de pronto estás en medio de una balacera?

- ¿Usted también me llama Jesús, señorita? —Respondió al momento que, con firmeza, separaba a la joven de su cuerpo- me llamo Francisco Gasca.

- Pero tú...

- Señorita —intervino el policía- creo que el joven padece un caso de amnesia, hace unos minutos sufrió un golpe en la cabeza y ahora no recuerda su identidad...

- Mejor dicho —corrigió Francisco- acabo de recuperar mi identidad.

- No entiendo —insiste Evangelina- ¿se supone que con el golpe olvidaste lo que eras... o lo que no eras?, ¿y lo nuestro?

- Mire jovencita, según lo que estoy comprendiendo en estos momentos, un primer golpe que el reportero sufrió hace varios meses le hizo olvidar quien era; entonces, un segundo golpe sufrido hace unos minutos le han devuelto la memoria.

- Entonces, a quien yo conocí... es decir, con quien yo conviví este tiempo no es nadie... ¿o sea que me enamoré de alguien que nunca existió? No entiendo nada.

- ¿Enamorada? —Preguntó asombrado el reportero- ¿dijo usted que está enamorada de mí?

La mujer ya no dijo nada. Bajó su entristecida mirada al tiempo que Leticia, una compañera de trabajo, la albergaba entre sus brazos, como intentando consolarla. Los demás amigos del reportero hacían comentarios de extrañeza, intentando explicar lo sucedido. "Pierde la memoria... vive una aventura... luego recupera la memoria... ¡creíamos que sólo pasaba en las novelas!", comentaba Rigoberto, uno de los jefes de departamento de la Presidencia Municipal.

- Pues nos vamos —indicó el comandante de la Judicial- aquí ya nos hay nada qué hacer.

Con rostros sonrientes, la familia Córdoba Ordóñez comenzó a organizarse para partir rumbo a la ciudad de Tejupilco, en donde verían la forma de regresar a Acapulco. Estaban interesados en que los maleantes pagaran ante la justicia sus fechorías y quedaran tras las rejas durante un buen tiempo; eso los volvería a la tranquilidad, por lo que pidieron al reportero ir con ellos ya que, sin duda, sería el principal testigo para hundirlos. Él sólo pidió unos instantes para despedirse de quien ahora resultaba ser una desconocida.

- Adiós señorita —decía el reportero a Evangelina quien soltaba un ligero sollozo- no sé quién es pero... me hubiera gustado conocerla en otras circunstancias. Adiós... lo siento mucho... perdóneme por favor.

La joven ya no pudo contestar, con lágrimas en los ojos vio cómo Francisco abordaba uno de los autos de la Policía Judicial y se retiraba de Las Lomas, ese centro recreativo al que quizá no volvería a ver; ese lugar al cual, a pesar de haber disfrutado varias veces cuando asistía los fines de semana a relajarse, a convivir, no recordaría jamás.

"Adiós, amor... amor... de un rato", decía Evangelina internamente al recordar cómo fue enamorándose poco a poco del entonces desconocido, quien acostumbraba pasar a saludar al personal que colaboraba en la Presidencia Municipal a quienes les contaba chistes y los hacía reír en momentos de alta presión que en ocasiones existen en toda oficina... a ella le encantaba ese humor, ese desparpajo que mostraba siempre... y se imaginó que algún día podría ser su esposo y formar una familia como la que formaron sus padres: tradicional, con dos o tres hijos para educarlos, organizarse para llevarlos a la escuela... verlos crecer... pero ese sueño se acababa de derrumbar... la experiencia vivida quizá le haría cerrar su corazón a otra oportunidad de amar, pensó… cerró sus ojos y así permaneció algunos minutos… y volvió ante sus compañeros de trabajo que seguían animados bailando esa música que ya había subido de ritmo… fingió que nada había pasado, aunque para ella la fiesta ya había terminado…

La señora Carolina, Johnny, los demás acompañantes y el reportero, se instalaron en la ciudad tejupilquense, precisamente en el hotel Juárez, en donde había estado hospedado *El Negro* Julio y su banda. Francisco informó que deseaba hacer una llamada telefónica al puerto de Acapulco.

- Necesito comunicarme al *Diario Diamante*; quiero reportarme y avisar que pronto estaré allá.

- No creo que sea muy buena idea joven —sugirió doña Caro- recuerde que a usted lo consideran muerto. Esto significa que no puede hacerse el aparecido así nomás; mejor espere y pensemos en una manera adecuada para informar sobre su situación ¿no le parece?

- Tiene razón… porque además...

- Oye, reportero —interrumpió Johnny, el júnior Córdoba- ahora que estoy de vuelta a la vida, quisiera preguntarte: ¿cómo fue que te enteraste de mi secuestro antes que los demás y, luego, de los detalles en que murió mi padre?

- ¡Híjole joven! La historia es un poco larga y me temo que perderíamos mucho tiempo en ella... sin embargo, quizá algún día me decida a escribir mis memorias… ahí lo explicaré todo, absolutamente todo.

Era obvio que el humor estaba de regreso con el reportero. La señora Carolina intervino.

- Yo… sé algo al respecto, no todo, pero el joven reportero nos había contado sobre su interés por lograr siempre información exclusiva, aun a costa de su vida… ¡y vaya que estuvo a punto de perderla! Pero de lo que debes estar seguro, Johnny, es que en ninguno de los casos en los cuales estuvo presente, tuvo posibilidades de prestar ayuda.

- Está bien mamá, después me contarás más sobre el tema… ahora sólo quiero pedir un favor al reportero.

- ¿Un favor? No comprendo, júnior.

- No lo tomes a mal pero… quiero que, de regreso en Acapulco, me acompañes a un día de *reventón*.

- ¡Por supuesto! La verdad es que si tú no me lo hubieras propuesto, de cualquier forma lo iba a hacer yo por mi cuenta, así es que ¡trato hecho!

-¡Vengan esos cinco dedos!

Más tarde, el reportero acudió ante el Ministerio Público a declarar respecto a *El Negro* y sus cómplices, pero como todo lo que sabía correspondía a hechos ocurridos en la jurisdicción del municipio de Acapulco, el caso tuvo que trasladarse hasta allá. La partida de Tejupilco fue rápida, sin despedidas. Después de todo ¿de quién se iban a despedir? Francisco no recordaba a nadie ni nada de ese lugar. Sus pocas pertenencias quedaron en el cuarto que rentaba y, en estas circunstancias, no sabía siquiera que existían.

Capítulo 13

DE VUELTA A CASA

Una vez que todos estaban de vuelta en el Paraíso de América, Francisco hizo una llamada al *Diario Diamante* y, fingiendo otra voz, preguntó por Lulú; quería saber qué había sido de ella después del accidente en Coyuca de Catalán.

- Lo siento joven, Lulú ya no trabaja aquí, se casó y enseguida...

Ya no quiso seguir escuchando. Colgó el auricular de inmediato. No podía creer lo que sucedía... Lulú, casada con otro. En esos momentos recordó todo el tiempo que la joven había demostrado amor por él; asimismo recordaba cómo había tomado a la ligera esas muestras de amor... ahora que la buscaba con grandes ilusiones, que estaba seguro que también la amaba y que ya no estaba dispuesto a ocultar sus sentimientos, simplemente todo estaba perdido. Caminó sin rumbo, al principio, después, quien sabe por qué, se dirigió a uno de los bares del puerto... al mismo en el que hace algún tiempo conoció a Minerva, la mesera que se le había entregado en una tarde en que, coincidentemente como ahora, también estaba sumamente consternado, en aquella ocasión por el caso del hotelero y de Johnny.

- ¡Este sí que es un verdadero milagro!

- Hola Minerva, ¿cómo estás?

La respuesta simple, en comparación con el eufórico saludo de la mesera y el semblante de Francisco, quien se dejó caer pesadamente en una de las sillas, no mostraba ni una pizca de humor.

- Tráeme un brandy doble... en las rocas.

- Te sirvo lo que quieras y... ¿uno para mí? Cada vez que vienes estoy de suerte, no sólo porque te veo sino porque hoy tampoco está la dueña del bar... ¡oye! Pero cada vez que me visitas parece que vienes de un velorio... a ver, cuéntame qué te pasa… mientras, serviré las copas.

- La verdad no traigo mucho humor para platicar.

- Si así lo deseas, no platicamos… lo haremos a tu manera… no voy a presionarte… no voy a echar a perder el momento de tan agradable visita… te extrañaba… no sé por qué… y tampoco sé por qué estaba segura que de un momento a otro atravesarías esa puerta.

La chica llegó ante el reportero con ambas copas; se acercó depositándolas en la mesa y se prendió a él en un ansioso beso; parecía una chiquilla al ver a su amado después de mucho tiempo.

Nuevamente la chica sacó el fuego que había dentro de ella; acariciaba el pecho del reportero mientras lo besaba en la boca... luego en el cuello... en el pecho...

- ¡Espera Minerva! Creo que no es correcto...

- ¿Por qué? Ya una vez lo hicimos —decía la chica a manera de susurro- ¿no recuerdas la pista? Ven...

- Este... mejor dime donde hay un buen hotel en donde hospedarme... vengo de un largo viaje y me gustaría establecerme... nadar en la piscina... relajarme.

- ¡Perfecto! Conozco un hotelito así como lo que necesitas, pero no puedo darte la dirección porque no me la sé, por lo que es mejor que te acompañe... tiene una alberca que casi no es utilizada por los huéspedes, ya que prefieren irse a la playa, así es que podemos tener un poco de privacidad...

- Oye, pero... ¿no habrá problema si dejas mucho tiempo el bar?

- Tú no te preocupes, ahorita eres lo más importante para mí, y necesito que me digas qué te pasa; la verdad, me preocupas a pesar de que fueron muy pocos los minutos los que hemos estado juntos... tengo hacia ti un sentimiento que no puedo explicar y que de momento no me interesa hacerlo. Pero mientras, ¡salud!

Tomaron el contenido de la copa de un trago. La joven cerró el bar. No eran horas en que los clientes acudieran en gran número; además era temporada baja en el puerto, por lo que para Minerva era una buena oportunidad para pasar un rato agradable con Francisco, quien ya comenzaba a interesarle más de la cuenta. Llegaron al hotel Dorado, de categoría 2 estrellas. Era un lugar acogedor, de buen gusto para los turistas de clase media baja. Había una alberca que, en efecto, estaba solitaria, sin huéspedes.

Un clavado casi perfecto en las cristalinas aguas por parte de Francisco, fue el inicio de una tarde que prometía ser agradable... al menos así lo pretendía Minerva, quien ya preparaba más copas.

- ¡Sirenito! Ya está listo tu brandy *on the rocks*, como a ti te gusta. ¡Y no te preocupes por la cuenta, es cortesía de la casa!

Francisco salió, se sacudió el pelo, y antes de sentarse al lado de la chica, quien ya lucía una diminuta tanga, bebió un buen sorbo de la bebida.

- Ven... platícame; tu semblante me indica que algo te pasa y creo que si primero desahogas tus penas, después podemos hablar de cosas más agradables.

Francisco contó a Minerva sobre la odisea que vivió cuando fue perseguido por los maleantes hasta la región de Tierra Caliente, en donde fue desbarrancado y, creyéndole muerto, fue abandonado no sólo por los cómplices de *El Negro* sino también por Lulú. También contó sobre una parte de su vida que no recuerda, tanto en Ciudad Altamirano, Guerrero, como en Tejupilco, Estado de México, lugar este último en donde, tras un nuevo golpe en la cabeza, recobró la memoria. Habló sobre su dificultad para presentarse hoy ante quienes le creen muerto.

- Y de pilón, Lulú, a quien por vez primera sentía amar, resulta que está casada con otro. No puedo creer que me pasen estas cosas.

- Te entiendo... tu historia es en realidad como de novela; hasta parece que alguien la hubiera escrito... y si así fuera, ¡no me la creyera!

- Como ves, yo sólo sirvo para aburrirte... aparezco en tu vida en los peores momentos de la mía; la ocasión anterior también llegué a ti cuando tenía serios problemas.

- ¡No, no digas eso! No te preocupes; somos amigos... aunque para mí eres más que eso... mira, no me gusta escucharte decir que estás enamorado de otra persona, aunque esa persona ya sea "harina de otro costal", pues está casada, pero no importa, lo que más me duele es que estés sufriendo por un amor que yo quisiera darte, pero que tú tal vez nunca aceptes...

- Créeme que lo siento, Minerva, de veras... pero no creas que me eres indiferente, de hecho, me gusta estar contigo, me reconforta tu compañía... me siento a salvo junto a ti... a salvo de mi vida que de pronto se complicó... allá afuera tengo que sonreír, fingir que soy una persona intrépida, mostrar una falsa felicidad... porque realmente sólo es euforia... y cuando regreso a mi intimidad me doy cuenta de que no soy aquel que todos conocen... que soy en realidad un solitario... un ser infeliz... vacío y... ¡No sé por qué digo esto que nunca pensé decir ni a mi mejor amigo!

- ¡Ya no digas más! Me vas a hacer creer cosas que no son...
o lo peor, me vas a hacer llorar; mejor vamos a actuar como
adultos... vamos a olvidarnos de las cosas malas que nos
pasan... yo también tengo mi historia de abandono, de mis
padres... de mi primer esposo... ¡bueno!, mejor le paro a mi
desgracia; vamos a vivir y disfrutar estos pocos momentos
que tenemos... déjame ser feliz por algunos minutos y yo
trataré de hacerte menos infeliz... ¡alcánzame si puedes!

La chica se levantó de un salto, corrió y se echó a la alberca
invitando al reportero a imitarle, quien lo hizo de forma casi
inmediata. De sólo tres brazadas llegó hasta donde estaba
Minerva; jugueteaban bajo las tibias y dulces aguas; la
felicidad de la mesera era evidente y Francisco comenzaba a
contagiarse... en un momento sus miradas, sus alientos y sus
labios, quedaron a escasos milímetros.

Una vez más, Minerva tomó la iniciativa; buscaba evitar que
el reportero pensara de nuevo en sus problemas y en la chica
de quien estaba enamorado, lo abrazó, movió su cuerpo a
manera de danza exótica... "es un baile de amantes en un
canto ardiente. No tengas miedo de enfrentar la música
ahora", susurró aquella frase traducida de la canción "On
my honor" de Donna Summer, su favorita.... Y enseguida
se prendió de él en un beso amoroso. Francisco respondió
de manera casi salvaje; de la nada sacó una exagerada dosis
de pasión... ella le acariciaba con vehemencia el cuello y la
espalda que comenzaba ya a broncearse por el benigno sol
que azotaba la aún joven tarde. Mientras tanto, él ya recorría
con sus manos el esbelto cuerpo de la chica... primero la
espalda... la cintura... hasta encontrarse con un par de

181

protuberancias traseras que apretaba con sus manos bajo la tanga, mientras ella sentía en su esplendor la virilidad masculina que amenazaba ya con atravesar la prenda íntima.

- Vamos a la habitación —susurró al oído Francisco- necesitamos estar solos.

- Aquí estamos solos —respondió ella a manera de jadeo- sigue... no eches a perder este divino momento... el agua está tan tibia...

En efecto, parecía que el hotel estuviera completamente solo. Escasamente los clientes usaban la alberca y, en efecto, preferían salir a la playa, principal atractivo del puerto de Acapulco. Las suaves aguas de la alberca representaban una caricia extra para los jóvenes cuerpos que se entrelazaban con ímpetu. Minerva dejó los labios del periodista y buscó su cuello, su hombro y su pecho. Luego, como una experta buceadora, jaló a profundidad una buena cantidad de aire para luego introducirse bajo el agua... bajó hasta quedar hincada en la profundidad; a manera de juego erótico, con los dientes frontales tomó la prenda íntima masculina hasta bajarla y dejar así completamente desnudo al joven. Desde la punta de los pies subió besando todo su cuerpo hasta llegar a la superficie y prender de nuevo en apasionado beso a quien ya estaba totalmente sumergido en la pasión que le ofrecía la mesera; él estaba recargado sobre la pared de la alberca. Era evidente que ambos estaban ya en otro mundo, solos, alejados del propio entorno que les rodeaba. Con manos expertas, él desató el nudillo que se encontraba a espaldas de Minerva... un ligero sostén flotó en las azules aguas... ahora él se sumergía para saborear las mieles que le ofrecían dos volcanes a punto de la erupción... Minerva entreabrió sus labios en una ligera mueca de satisfacción que no podía, ni debía, ni quería ocultar. La sensación que sentía cuando sus pezones eran acariciados por una lengua y dos labios sedientos, provocó una inmediata reacción: tomó las manos del reportero y las colocó entre su prenda inferior femenina y sus redondos glúteos; el mensaje fue captado de inmediato, por lo que la tanga fue bajando poco a poco y momentos después también flotaba en ese vaivén de las agitadas aguas, las cuales eran no sólo testigos sino además cómplices de esa apasionada entrega. Parados, con los cuerpos entrelazados, los jóvenes conocieron por vez primera la sensación de hacer el amor entre las aguas de una piscina; de hecho, habían escuchado muchas historias respecto a las especiales sensaciones experimentadas durante un acto amoroso en tal circunstancia... hoy comprobaban que había mucha razón en esos relatos que llegaron a parecer exagerados.

- La experiencia fue maravillosa; fue mejor de lo que creía - dijo él mientras descansaba sobre los hombros de ella, una vez terminadas las convulsiones orgásmicas.

- Gracias por darme tanta dicha... pasajera, pero al fin dicha. Sé que después de hoy te irás de mí... y te esperaré... sé que algún día volverás... no sé cuándo... pero aquí estaré para escucharte... para amarte...

El reportero aún sentía las suaves caricias de Minerva cuando ya regresaba caminando por la avenida Costera

Miguel Alemán, una vez que la dejó de regreso en el bar. De pronto, recordó que debía llamar a la familia Córdoba Ordóñez con el objeto de ponerse de acuerdo sobre la declaración que rendiría ante el Ministerio Público respecto a los sucesos en que se había visto envuelto durante las últimas semanas; era el único que podía atestiguar en el caso de la muerte del hotelero Juan Córdoba y del secuestro del júnior del mismo nombre.

- Sí señora —dijo ante al auricular; hablaba con doña Carolina- ahí estaré en unos minutos más para afinar detalles... además, ya me urge reintegrarme al trabajo... sí, ya sé que me creen muerto, pero de alguna forma me tengo que presentar ¿no?... sí, nos vemos en un momento más.

Abordó un taxi y se dirigió hacia la enorme mansión en donde lo esperaban. Al mismo tiempo, en *Diario Diamante*, Martha conversaba, nada más y nada menos que con el amor imposible del reportero, sobre el mismo tema.

- Qué bueno que por fin te decidiste a visitarnos, Lulú; te quería mostrar algo, mira, estamos publicando otra nota exclusiva, y se refiere a que ya están detenidos quienes mataron al hotelero Córdoba... y a Francisco.

- ¡Ay mana! Ha pasado un buen tiempo desde el accidente... y aún lo extraño.

- No puedes ocultar que aún lo amas.

- No tiene caso hacerlo, ocultar lo obvio. Es duro vivir pensando en un fantasma... pero también quiero a mi esposo... es tan bueno.

- Sí, claro... sin embargo siento que son amores distintos: Uno es el sueño imposible, el otro la realidad, la seguridad de una vida tranquila, en familia, como se supone que debe ser.

- Oye mana, ahora que me fijo, en la nota no dice quién es el misterioso testigo que hablará, ¿no crees que se les pasó ese dato tan importante?

- Pues sí, la verdad es muy raro... de hecho, escuché al reportero Claudio Ramírez decir que es parte del misterio y la importancia extra que encierra esta información... parece que habrá una gran sorpresa, y por eso los demás medios ya andan en busca de la identidad del misterioso testigo para tratar de obtener información de primera mano antes de que declare.

- Y hablando de Francisco, creo que ya es hora de que se vayan buscando a otro especialista en eso de cazar la mejor información para este tipo de casos porque...

- ¡Espérame tantito mana!

- ¿Qué pasa? Parece que viste un fantasma en ese fax... tus ojos parecen salirse…

- ¡Es que... está llegando una información que... —los ojos de la chica se agrandaron aún más de la impresión- imposible!

- ¡Por favor, Martha, dime que sucede!

- Ya está —arrancó la tira de papel en cuanto se escuchó el tono que indicaba la conclusión del envío del documento- mira... te voy a leer esto: "Paren prensa, ¡quiero la de ocho columnas! Otra vez se las he ganado... no cabe duda que soy mucha pieza"... ¿a quién te recuerda esa frase?

- ¡No puede ser! Esos siempre fueron los gritos inconfundibles de Pancho cuando llegaba con una de sus grandes noticias... pero ¿no será otra de esas bromas que se han hecho desde que desapareció?

- Pero sólo tú, los jefes, los del taller y yo sabíamos de esos gritos; además, aún hay más en este escrito, escucha: "Francisco Gasca será el testigo en el caso de la muerte de don Juan Córdoba; aunque parezca increíble, pero la última noticia del reportero aún no se ha escrito, pues no pereció en el accidente sufrido en la región de Tierra Caliente". ¿Qué te parece?

- ¡No, Martha! Esto ya es demasiado para mí... es algo que no puedo digerir… me estoy incomodando, me está dando un ataque de ansiedad…

- Y mira, esto no acaba aquí, después de esta revelación aparece una amplia nota informativa en donde se da a conocer cómo y cuándo se realizará la comparecencia de

Pancho... y todo... ¡redactado al puro e inconfundible estilo de él mismo!

Con la vista clavada en el documento, Martha sólo alcanzó a escuchar un golpe en el suelo al otro lado del escritorio. Levantó la vista y no vio a nadie.

- ¡Lulú! ¿Estás ahí manita? ¡Dios mío, seguramente se desmayó de la impresión!

Colaboradores del diario, que habían presenciado lo sucedido, acudieron en apoyo de la joven que yacía en el piso, inconsciente, y pronto le prestaron ayuda... la joven reaccionó cuando respiró el alcohol colocado en las manos de Martha... reinó el silencio... otros ya se habían enterado de la noticia al pasar de mano en mano el fax que había provocado el ligero desmayo de Lulú.

- ¿Estás bien, manita?

- Sí... ¿por qué, Martha?, ¿de qué se trata esto que parece broma de mal gusto?

- Yo estoy igual que tú... no sé qué pasa, esto es tan confuso... ¿y si fuera cierto?, ¿si Pancho está vivo?

Se iluminaron los ojos de Lulú por un momento, quien se puso de pie de inmediato mientras veía con extrañeza los ojos de Martha... después se volvieron a apagar... bajó el rostro y susurró...

187

- Eso es imposible… pero… ¿y si fuera cierto?, ¿crees en los milagros, manita?

- Los milagros… los milagros… ¡los milagros sí existen, Lulú!

Ahora eran los ojos de Martha los que se iluminaron… y se llenaron de lágrimas al mirar a un personaje que arribaba y que Lulú de momento no veía porque estaba de espaldas, pero al ver ese semblante de alguien que acaba de presenciar algo increíble… un auténtico milagro, no dudó en voltear de inmediato. Martha la tomó de los hombros ante el temor de un nuevo desmayo… sí, ante sus ojos atónitos estaba él…

- ¿Fran… cis… co? –balbuceó Lulú mirándolo con inmenso amor… ese amor que ni el tiempo había logrado apagar...

- ¡Claro que es Francisco! –Expresó entusiasmada Martha y corrió a sus brazos, olvidándose de su amiga, quien ya se había repuesto del desmayo pero no de la nueva impresión-yo sabía que algo no cuadraba en el cuento de tu muerte… ¡nadie nunca vio tu cuerpo sin vida!

Los demás le ofrecieron un aplauso a manera de bienvenida, aunque en sus rostros reflejaban la duda sobre cómo era posible que estuviera vivo... duda acompañada de entusiasmo, por supuesto.

Francisco apartó con suavidad los brazos de la eufórica Martha y se dirigió hacia Lulú… ella también fue a su encuentro… las miradas se encontraron con toda la intención de descubrir qué había en el fondo… y sí, todos lo supieron de inmediato… ahí estaba, intacto, el amor guardado por tantos años… acercaron sus rostros… y sus labios, al momento en que sus cuerpos se unían en un abrazo, primero tímido, después apasionado… y decidieron, en el último instante, no dar ese ansiado beso que los demás ya esperaban; se impuso la prudencia, por el estado civil de la chica, por el respeto que le debían a su esposo… el menos culpable de esta circunstancia.

Las emociones no terminaban ahí. En la entrada apareció otro personaje, Sarabia, el jefe de Información quien, al ver la inusual escena, se detuvo a unos tres metros de distancia, primero extrañado por esa pareja que se fundía en un abrazo ante la mirada fija de los demás colaboradores… conforme iba descubriendo quién era ese que abrazaba con tanto cariño a Lulú, soltó el portafolio y, atónito, se acercó para comprobar su sospecha… apartó al reportero jalándolo de un hombro y, al quedar frente a frente, expresó:

- ¿Qué broma es ésta?, ¿eres tú en realidad?, ¡Francisco, cabrón!, no puede ser, hermano…

Se dieron un gran abrazo, las lágrimas rodaron en las mejillas de ambos… así permanecieron durante un minuto. Al separarse, Sarabia dio un ligero golpe en la parte trasera de la cabeza, con la mano extendida.

- ¡Realmente eres un cabrón!, nos hiciste sufrir tanto tiempo… así es que ahora pasa a mi privado, me debes muchas explicaciones… ¡y ustedes, a trabajar!

Entraron a la oficina… ahí Francisco explicó a su ex jefe sobre toda la odisea que había pasado desde su desaparición, pasando por su amnesia… y cómo recordó quien era, en circunstancias desconocidas aún para él, en Tejupilco, sur de Estado de México… también le narró sobre su decisión de asistir como testigo en contra de *El Negro* Julio y sus hombres.

- La verdad, sólo porque te estoy viendo lo creo. Si alguien me hubiera contado esa historia antes de verte, diría que es una locura… una gran locura…

- Pues sí, es una verdadera locura que todavía no comprendo y… y Lulú…

El rostro del otrora alegre reportero reflejó frustración…

- Te comprendo, amigo… pero… entiéndela… creía que estabas muerto…

- Sí, eso lo entiendo… ella no tiene la culpa; quizá la tuve yo, porque nunca quise aceptar que la amaba; pudo haber sido diferente… hubiera aprovechado el tiempo… y ella no estuviera hoy casada con otro… quizá fuera una presunta viuda guardándome luto… y quizá la podría recuperar… o tal vez me hubiera convencido a tiempo de no meterme en tantos problemas y estaríamos juntos, viviendo una vida *normal*…

- Pero eso ya no puede ser amigo… mira… estoy muy emocionado por tu regreso, y de seguro continuaremos esta charla para que me des detalles sobre cómo te ha ido y…

ese asunto de tu amnesia… pero debes entender que tenemos trabajo… por cierto, me dijeron acerca de una nota que escribiste, y que deseas que sea publicada antes de tu comparecencia ante las autoridades…

- Sí, ya la había enviado por fax, porque toda la prensa anda indagando sobre quien será el misterioso testigo… ¡y quiero que les ganemos la exclusiva una vez más, como en los buenos tiempos!

- Por supuesto que así lo haremos, daré la orden para que sea "la de ocho" y, por cierto… tu puesto no ha sido ocupado… nadie lo ha podido hacer como tú y pues, ya sabes que las puertas siguen estando abiertas…

- Eso era lo que te iba a pedir, jefe, pero ya que tú eres quien me lo propuso, voy a tener que pedirte un aumento de sueldo, como condición, como motivación… la estrella del periódico lo vale, ¿no?

- No cabe duda que Francisco Gasca, la estrella del *Diamante*, está de regreso, y eso me da un chingo de gusto… ¡eres un cabrón incorregible!

Se dieron un gran abrazo, ese abrazo más allá de la relación de trabajo, el que se da entre amigos entrañables.

Un día después, la Agencia del Ministerio Público del Fuero Común estaba repleta de periodistas y curiosos. Algunos de los presentes leían con incredulidad la nota en el *Diario Diamante*, la cual indicaba que quien testificaría en contra de la banda de *El Negro* Julio sería, ni más ni menos que, el periodista Francisco Gasca quien, se suponía, estaba muerto. De hecho, el aludido ya estaba en el interior de la oficina de la representación social rindiendo su declaración.

Más tarde, una avalancha de periodistas y fotógrafos se arremolinó en la entrada del edificio cuando apareció la figura del periodista, aquel a quien no habían visto desde hacía un buen tiempo: desde antes del accidente que erróneamente creyeron que había sido fatal; también había curiosos, lectores del *Diamante* que acudieron cuando supieron la identidad del testigo. Ahí estaba Lulú, acompañada de su esposo, quien la mantenía abrazada ante el tumulto de gente que empujaba para estar cerca de Francisco Gasca, quien sintió de pronto que tanta gente arremolinada en torno suyo le quitaba el aire... comenzó a respirar con dificultad... la presión vivida dentro de la oficina de la Agencia del Ministerio Público había alterado sus nervios... de pronto vio a su amada... quien le miraba con preocupación... pero había algo más en esa expresión: el inmenso amor que aún le tenía... verla así, acompañada de su pareja, y la tensión del momento, el mar de gente, periodistas que le lanzaban preguntas, una tras otra, comenzaron a nublarle la vista, primero... después la razón... finalmente vino el desmayo.

Francisco Gasca abrió los ojos lentamente... estaba en una cama de hospital... miraba sólo caras extrañas. El rostro de la interrogante era perfectamente representado por su semblante.

- ¿Cómo estás Pancho? —le preguntó Sarabia- de pronto te desmayaste y...

- ¿Pancho? Yo soy Jesús Guerra... ¿quién es usted?

El jefe de Información del *Diamante* se puso de pie, volteó y golpeó con el puño una mesa contigua; estaba desesperado, molesto, contrariado... sabía lo que significaba esto que acababa de escuchar: habían perdido de nuevo a Pancho.

- ¡Maldita sea, le volvió la terrible amnesia! Pero... ¿ahora por qué? No se golpeó la cabeza como en las ocasiones anteriores.

En esos momentos llegó Lulú. Iba sola, le había pedido a su esposo que la esperara fuera del hospital... ella se presentó como la pareja del paciente, por eso le habían permitido ingresar a la habitación del periodista.

- ¿Cómo está mi Pancho?

La mujer se dirigía hacia la cama del enfermo, cuando la mano de Sarabia la detuvo con firmeza y la alejó un par de pasos.

- Lulú, no es conveniente ahorita, lo podemos confundir más...

- ¿Por qué?, ¿qué le pasó?, ¿por qué se desmayó al mirarme?

- Pancho ha perdido de nuevo la conciencia sobre quién es... cree que es Jesús Guerra, retomó la personalidad de cuando sufrió el accidente… ¡espera!, ¿dijiste que cuando te miró se desmayó?

- Sí, al menos así lo sentí… mi esposo estaba junto a mí, me abrazaba…

- Esto está muy raro… hablaré con el médico que lo está atendiendo… pero de momento, no es pertinente que te acerques a él, no te reconocería. Ambos se dirigieron a la salida de la habitación… la chica volteó a ver al periodista, no podía ocultar sus sentimientos en esa mirada… ni quería.

- ¿A dónde van?, ¿por qué no me dicen qué hago aquí?, ¿qué me pasó?

Una enfermera se acercó para atenderlo, para calmarlo…

- El paciente parece sufrir de trastorno disociativo, que es cuando se tienen dos o más personalidades… aunque su caso es un poco distinto a los tradicionales porque, en este caso, concibió una segunda identidad a partir de un golpe físico en la cabeza tras lo cual realmente perdió la memoria y no sabía quién era… durante el tiempo en que estuvo así se afianzó en su cerebro esa otra personalidad y, lo que supongo, es que su cerebro registró esa segunda identidad y la guardó, la mantuvo como opción de personalidad disociativa… y como usted me indica, señora Lulú, cuando él la vio con su esposo, experimentó un gran sufrimiento debido a que realmente la ama, y supongo que el cerebro quiso bloquear ese dolor, por lo que acudió a la segunda opción, a su segunda personalidad, para mantenerlo a salvo, por eso ahora cree ser Jesús Guerra y no Francisco Gasca.

- ¿Y no podemos hacer algo para ayudarlo a recuperar su memoria? –preguntó Lulú.

- Por lo excepcional de su caso, no sabemos a ciencia cierta qué protocolo seguir… ni sabemos si sea conveniente volverlo a una realidad que le dé sufrimientos, en lugar de paz y tranquilidad. ¿A usted le gustaría que sufriera de nuevo al verle acompañada?, Supongo que no, y por eso creo que debemos, de momento, dejarlo así y aceptarlo como Juan Guerra.

Lulú y Sarabia se miraron fijamente y, resignados, asintieron con la cabeza con dirección al médico, y se retiraron del consultorio. El periodista fue dado de alta y llevado a las oficinas del *Diario Diamante*, en donde le trataron como Jesús Guerra; le ofrecieron quedarse a trabajar. Después de todo, en su segunda personalidad había manifestado el mismo talento y la misma conciencia para abordar los temas policíacos e incluso los otros géneros periodísticos, aunque le faltaba perfeccionar la técnica, lo que lograría, sin duda, con el tiempo… suponían.

- La única manera de trabajar para ustedes es como corresponsal, desde Tejupilco, Estado de México, donde vivo… que es el lugar en donde está una persona que me espera, que ha de estar preocupada por mí al no saber sobre mi paradero.

- Supongo que no nos queda de otra… no te vamos a presionar para que te quedes –respondió Sarabia- de hecho, creo que de momento es lo mejor para ti.

Se despidieron con un fuerte abrazo. El periodista salió del lugar en donde –sin saberlo- había pasado sus mejores años como profesional. Martha y Lulú lo observaban desde una oficina con vidrios polarizados… ambas con lágrimas en los ojos.

- Ahora sí lo perdí manita –expresó con gran tristeza Lulú- ya no lo volveré a ver…

- Lo perdimos, manita, ahorita que me habías dejado el camino libre creí que tendría una oportunidad.

- Tienes razón, qué egoísta soy… me hubiera consolado con que al menos tú lo tuvieras, amiga Martha.

Capítulo 14

DESTIERRO Y PANDEMIA

Francisco Gasca volvió a Tejupilco, Estado de México, y lo primero que hizo fue buscar a Evangelina, la chica que conoció en esas tierras y de la cual se sentía enamorado, en su identidad de Jesús Guerra. Ella no quiso abordar el tema de su verdadera personalidad pues creía innecesario hacerlo si en la actual quería estar junto a ella... lo aceptó y rezó para que nunca volviera a su pasado... pero internamente sabía que eso podría pasar algún día... y decidió ser feliz con el mucho o poco tiempo que estuvieran juntos.

Se unieron en matrimonio y comenzaron una vida en pareja. Él pronto se convirtió en un periodista apreciado entre la comunidad tejupilquense, un municipio pintoresco, de gente, ordenada, amable y muy hospitalaria. Por un tiempo fungió como corresponsal del *Diario Diamante*, después decidió ya no colaborar más para ese medio, dio las gracias al jefe Sarabia... y se dedicó al periódico *Mi Región*, dirigido por José Luis Padilla, quien pronto lo convirtió en subdirector.

Llegaron los hijos, dos, y el periodista conoció y vivió una nueva vida... pronto disfrutó de la alegría de verlos crecer, de jugar con ellos, de ayudar en sus tareas y hasta de bromear; les decía: "quien no estudie y no logre una profesión, terminará siendo periodista, como yo", lo que arrancaba carcajadas de sus retoños.

Pero no todo fue felicidad en la familia, sobre todo en la persona de Evangelina, quien continuamente era despertada en las noches y madrugadas por los sollozos de su esposo quien, estando dormido, pronunciaba de manera constante el nombre de Lulú, a quien pedía no abandonarlo, a quien le rogaba que no se casara.

Sólo en una ocasión le preguntó sobre la identidad de Lulú. Él sólo se limitaba a decir que no sabía quién era y, en efecto, de manera consiente no recordaba a aquella que, en la personalidad de Francisco Gasca, era el amor de su vida.

Evangelina, cada vez que escuchaba aquel nombre, sentía una gran tristeza; algo en su interior le decía que esa mujer, tarde o temprano, sería la causa por la que este sueño de amor acabaría, porque sabía –y así lo había aceptado- que el periodista vivía con una personalidad prestada y que algún día podría recobrar la verdadera.

Simplemente aceptó su realidad, esperó lo que consideraba inevitable, y se dispuso a aprovechar cada día que estuviera junto a su amado, así, como si fuera el último día que pasarían juntos.

En Acapulco, sus ex compañeros finalmente aceptaron vivir sin depender de sus notas exclusivas, y en el *Diamante* todo se hizo rutinario; dejaron de buscar los reportajes de impacto… poco a poco las páginas del otrora exitoso diario fueron llenándose de boletines oficialistas, y el dinero se impuso al espíritu de servicio al lector… bajó el número de suscriptores pero subieron los ingresos económicos.

Pasaron muchos años, llegó el mítico año 2,000 del cual previamente se contaron miles historias sobre lo que significaría y vendría, sobre todo la amenaza de que "se va a perder el mundo". No se perdió, quizá se perdieron formas de vida para dar paso a otras formas de convivencia, formas de subsistencia: las nuevas tecnologías ya invadían las tiendas, la música Disco ya era cosa del pasado... llegaron los ¡milenials!

Después se dijo que realmente el fin del mundo sería en el año 2012... tampoco sucedió.

Lo que sí comenzó a morir fue el afán por la lectura de periódicos impresos, cuya influencia moría ante la llegada de la era digital que ya se posicionaba en el ánimo de un nuevo público, hiperconectado y sobreinformado, aunque también mal informado y confundido, pero era la modernidad. Famosos periódicos que durante décadas habían penetrado e influido en los hogares de México y el mundo, comenzaron a cerrar ante la baja en ventas de ejemplares y en publicidad; la era digital les estaba ganando la partida.

Desde 2004 irrumpió Facebook para desplazar otros intentos de redes sociales y muy pronto se convirtió en la favorita no sólo de la gente común, sino de empresas y organizaciones sociales, incluso de los gobiernos en sus distintos órdenes y niveles, y se convirtió en la opción informativa para un público cada día más creciente; en cualquier parte del mundo se hablaba de su utilidad y del entretenimiento que ofrecía... no sabían todavía que algún día serían esclavos de su evolución.

Otras formas de vivir cambiaron. La mujer, reducida en el milenio pasado a un sector sin derechos, oprimida frente a un machismo que se implantó desde un pasado polémico y oscuro, esa mujer, por fin gozaba de derechos más que básicos, pues ya ocupaban cargos importantes en empresas y gobiernos, pero iban por más: desterrar toda forma de violencia en su contra, esa que puede surgir desde el hogar y trasladarse a la calle, al trabajo y a todo tipo de convivencia social.

Corría el año 2020, y la indignación por los crímenes cometidos en contra de mujeres, especialmente menores de edad, crecía y daba la impresión de que se generaría una revuelta social que tambalearía al gobierno federal en turno encabezado por el izquierdista Andrés Manuel López Obrador.

Marchas de protesta, combinadas con actos de violencia reflejados en destrozos contra edificios públicos y la propiedad privada, crecían de manera sostenida. Había incertidumbre en México.

Sin embargo, sucedió algo que prácticamente borraría del ánimo popular e incluso de la prensa local y nacional el tema de la violencia de género: la aparición del Coronavirus, causante de la mortal enfermedad del Covid-19 que, por ser nueva, no se contaba aún con suficiente información para enfrentarla, mucho menos había vacuna preventiva alguna o cura para quien fuera contagiado.

Las noticias llegaron desde China, país asiático en donde se dieron los primeros brotes; después ocurrió la inesperada invasión a Europa de este mal que finalmente fue declarado pandemia y, por ende, amenaza para el mundo entero.

En América, el poderoso país, Estados Unidos, dio a conocer su intención de cerrar fronteras para evitar que sus habitantes fueran expuestos a la terrible enfermedad, la cual finalmente entró y puso en jaque a su sistema de salud; en el mismo sentido, México, que registró el primer caso el 27 de febrero de 2020, se disponía a hacer frente a una situación para la cual no estaba preparado, ¿y qué país lo estaba?

Las redes sociales comenzaron a llenarse de información de todo tipo, la mayoría carentes de veracidad; cada quien escribía y compartía lo que quería de manera irresponsable; algunos lograban poner nerviosa a la gente; los menos, buscaban prevenir desde antes de que la enfermedad penetrara cada rincón del país y se saliera de control. En estos momentos de tanta desinformación, no faltó quien añorara los viejos tiempos, aquellos en que sólo los medios de comunicación tradicionales -escritos, radiofónicos y televisivos- podían informar y formar la opinión pública, para que hubiera más control sobre lo que se decía en torno a esta nueva enfermedad. Y es que, como cada tema que se vuelve tendencia, el del Covid-19 era tratado con ligereza: todos quieren opinar, sugerir, hasta dictar lo que supuestamente es y cómo enfrentar algo lo que ni los científicos sabían en esos momentos de qué se trataba.

Increíble, pero los movimientos feministas desaparecieron del mapa informativo; esos que estaban tomando calles -porque también había varones-, pintarrajeando edificios públicos e históricos o destruyendo lo que encontraban a su paso, de pronto ya no estaban ahí; como llegaron se fueron, sin lograr esa justicia que exigían, sin ese respeto a sus derechos humanos que buscaban, sin esa respuesta que no encontraron. Sólo se fueron. Y así como desaparecieron de la escena, de las calles, también desaparecieron de los medios, de todos, de las democráticas redes sociales.

Muchas cosas cambiaron con la llegada del Coronavirus que ahora era dueño y amo de los titulares de todos los noticieros, de los memes, de los videos educativos, de las historias sensacionalistas y de las especulaciones de presuntos médicos, brujos y adivinos; incluso las muertes violentas dejaron de ser tema de importancia, y las autoridades policiacas llegaron a informar que la incidencia delictiva había incluso disminuido.

Haya sido como haya sido, ahora lo más importante eran las estadísticas de contagios y muertes en el mundo… y desde luego en el territorio nacional; también lo era monitorear las noticias científicas, las reales, sobre los esfuerzos que se hacían, los experimentos para encontrar la cura y desde luego la vacuna, porque dos realidades eran claras en un futuro próximo: todos estábamos en peligro de contagio y de muerte, y aun quienes sobrevivieran, tendrían que enfrentarse a una recesión económica que incluso podría derivar en hambruna en algunos sectores de la población, era lo que se sabía.

Muy pronto llegó la Fase 1 de la contingencia, que demandaba prevenir por todos los medios el contagio que podría ser importado, es decir, traído de alguien que viniera de algún país, como China, principalmente. Comenzó a haber psicosis entre la población cuando se sabía de la llegada de alguien proveniente del extranjero; el primer contagio finalmente llegó, y luego otro y otro. Una de las primeras medidas del gobierno fue adelantar las vacaciones de Semana Santa, pero no para vacacionar, sino para que la gente se quede en casa a protegerse, del 20 de marzo al 20 de abril, dijeron las autoridades educativas, pero en el fondo se intuía que el receso escolar podría alargarse y unirse con las vacaciones de verano, las que marcan el fin de un ciclo escolar y el inicio de otro.

La Fase 2 llegó y la prensa era muy clara al difundir la principal recomendación de las autoridades: "Quédate en casa", porque ahora se trataba de que cualquiera te podía contagiar en la calle, en tu trabajo, en el restaurante… en tu casa. Se decretó pues, una cuarentena no obligatoria aún, sino sugerida.

Para entonces, la noticia de que Italia era el país más afectado, con más contagios y con mayor número de muertos por el Covid-19, ponía más que nerviosos a los mexicanos, al borde del colapso; por primera vez sentía un amplio sector de la población que estaba cerca del contagio… y de la muerte; dejaron de saludar al prójimo, de abrazarlo, de ir a los lugares de diversión, de festejar cumpleaños, de comer en restaurantes e, incluso, como no se tiene memoria: dejaron de asistir a la playa, el principal atractivo de Acapulco y de otros destinos del país que estaban en la misma situación.

En otros tiempos, la temporada de Semana Santa era no sólo ocasión de recordar la Pasión y Muerte de Jesús de Nazaret, sino la oportunidad de abarrotar el puerto con turismo nacional, especialmente, que llegaba para hacer de ésta, la temporada más concurrida, sólo comparada con la de

203

invierno. Pero esta vez las calles lucían vacías, los negocios cerrados, las playas vigiladas por la Policía porque estaba prohibido entrar; quizá el puerto se estaba acercando a la calidad de pueblo fantasma. Ni más ni menos.

Oficinas públicas, cuyas actividades eran no esenciales, fueron cerradas, y trabajadores del servicio público enviados a sus casas, por fortuna, con goce de sueldo; no así sucedía con trabajadores de la iniciativa privada que, no obstante la recomendación del gobierno federal, eran despedidos sin respeto a sus derechos laborales.

La prensa y redes sociales daban cuenta de protestas de esa gente que se quedó sin trabajo y, por ende, sin dinero para comer, incluidos los vendedores ambulantes cuyas familias comen de lo que obtienen cada día; esporádicamente había gente que organizaba y daba apoyos a los más necesitados, pero se trataba de dádivas que llegaban a unos cuantos, que no llegarían a la mayoría que realmente necesita la ayuda, lo que anticipaba una situación de emergencia alimentaria a corto plazo.

Dentro de los hogares se cernía otra crisis: Padres e hijos se habían desacostumbrado a convivir tantas horas… o quizá nunca lo habían hecho. El encierro voluntario o involuntario derivó en contantes discusiones y peleas entre cónyuges, incluso los hijos comenzaron a ser golpeados como no sucedía antes de la pandemia. No se soportaban, y por lo tanto se dieron cuenta de la crisis familiar, de la poca tolerancia que había entre ellos; los hijos no se acostumbraban a la sombra constante de sus padres, y los padres se percataron de que no conocían a sus hijos.

¿Qué pasaba?, ¿en dónde estaba la educación que habían recibido esos niños y jóvenes rebeldes?, era la pregunta de los otrora orgullosos padres… y de pronto se daban cuenta de que quizá no habían atendido lo suficiente a sus hijos, que no les habían dado realmente una educación adecuada… estaban fuera de control.

Y el 21 de abril de 2020 llegó la temida Fase 3, cuando la enfermedad llegó a la mayor parte del país, y cuando los contagios ya no eran importados —como en la Fase 1- sino comunitarios; fue el tiempo de los grandes brotes de contagios, y ya se cernía la amenaza del colapso de los hospitales y clínicas… y la eventualidad de una gran cantidad de muertes, por desgracia.

Entonces, el gobierno federal decretó, obligatorio, el distanciamiento social, el permanecer en casa, la suspensión de eventos y actividad laboral presenciales, entre otras medidas para mitigar los efectos de la enfermedad que pronto cobró miles de vidas.

En Tejupilco, Estado de México, Francisco Gasca —con su identidad de Jesús Guerra- era atendido en un hospital de la ciudad; a su lado estaba Evangelina, su esposa, explicando al doctor.

- Cayó del caballo y se golpeó la cabeza hace dos horas aproximadamente; desde entonces no despierta… doctor… ¿se pondrá bien?

- Sus signos vitales están en orden. Debemos esperar a que despierte; ya debería estar consciente.

En esos momentos, el periodista, cuya edad rebasaba ya los 60 años, emitió un leve gemido y abrió los ojos poco a poco. La mujer manifestó una expresión de felicidad.

- Por fin... ¡gracias Dios mío por escuchar mis ruegos!, ¿cómo te sientes, amor?

- ¿Amor?, ¿quién es usted señora?, ¿dónde está Lulú... y Martha... y Sarabia?

- ¡Oh no... llegó el maldito día que siempre temí!

Evangelina cayó de rodillas abrazada de su esposo, ocultó el rostro entre las blancas sábanas de la camilla; sollozaba de decepción, y de pronto lanzó un llanto de dolor... conocía la historia de quien en realidad era Francisco Gasca y siempre temió el momento en que recobrara su identidad... pero habían pasado tantos años, que creyó que el peligro de perderlo había pasado. De pronto pensó en los dos hijos que habían procreado pero... ¿cómo decírselo si no los reconocería en su personalidad original? Lo que menos quería era causarle más confusión. De pronto, se puso de pie con entereza y tristeza al mismo tiempo... dio la vuelta y salió de ahí... esperaría un milagro, pero no lo forzaría, ya no tenía fuerzas para hacerlo, pensó.

El médico comprendió todo... conocía el caso, y habían acordado previamente con la mujer que, cuando esto sucediera, nada le dirían sobre su matrimonio y sus hijos, que lo dejarían ir, sin ningún tipo de presión, a buscar su camino. Se aseguró de que Francisco Gasca estuviera en condiciones físicas para valerse por sí mismo, y le permitió salir... ya le cobraría los honorarios a Evangelina, cuya familia era muy conocida en la localidad.

El periodista, quien manifestó al galeno que buscaría regresar lo más pronto a Acapulco, a sus orígenes, estaba a punto de sufrir un gran choque emocional al enfrentarse a una realidad muy diferente a la que conoció cuando volvió a Tejupilco, hacía poco más de 20 años. Para él fue muy natural ver gente con cubrebocas dentro del hospital, aunque no sólo médicos y demás personal lo usaba, sino todas las personas que estaban dentro, y supuso que era política interna el que todos lo porten durante su estancia.

Él mismo llevaba su protección; al salir a la calle estaba a punto de quitársela, sentía que le faltaba aire, pero quedó atónito con lo que vio: ¡todas las personas usando esas mascarillas protectoras! Volteaba hacia todos lados y ahí estaban, hombres y mujeres cubiertos de una parte del rostro. ¿Qué está pasando? Fue su primera pregunta. De pronto sintió un ligero mareo... y segundos después se recuperó, pero la interrogante estaba plasmada en su rostro; nadie le dijo en el hospital que el mundo vivía la pandemia del Covid-19 en el punto más crítico: el Semáforo Rojo, el de riesgo mortal.

Llegó caminando hasta el Zócalo; ver a toda esa gente con protección facial le hizo recordar historias de ficción, novelas futuristas en las que se describían situaciones de riesgo debido a la propagación de contaminantes mortales por la explosión de bombas u otros artefactos creados para la destrucción masiva de toda forma de vida, y que la humanidad habría de usar mascarillas especiales para su sobrevivencia… por siempre. Pero en su momento supuso que se trataba de ciencia ficción… y aquí estaba, viviendo esa pesadilla apocalíptica, sí, era una pesadilla porque no estaba preparado para ver este triste y temible espectáculo.

"¿Hasta dónde hemos llegado?, ¿qué sucedió a nuestro mundo?, ¿tan mal lo hemos tratado?, ¿es acaso el fin?", eran preguntas sin respuestas que vagaban en su mente, y de pronto evocó pasajes bíblicos en los cuales se mencionan fenómenos como terremotos, hambres, guerras y plagas, como señales de que el fin del mundo está cerca. Y recordó algunas plagas que han azotado a la humanidad causando miedo y muerte, como la viruela, el ébola, el sarampión… y hoy era el Covid-19, aunque de momento no lo sabía.

Un autobús proveniente de la ciudad de Toluca paró para cargar pasaje; iba con rumbo a Ciudad Altamirano. Francisco Gasca lo abordó; ya en el corazón de la región de Tierra Caliente tomaría el transporte que lo llevaría de vuelta a Acapulco, al encuentro con su realidad, una vez más pero, ¿qué es lo que iba a encontrar o esperaba encontrar? No lo sabía.

El periodista obtuvo un boleto de salida a las 11:45 de la noche, por lo que aprovechó las horas libres para comer algo en Ciudad Altamirano… llegó caminando hasta el lugar en donde se preparan las famosas pizzas de Danny Boy. "Ahora entiendo por qué me las recomendaron, son en realidad muy ricas", se dijo, y miró a la gente a su alrededor;

todo era tan diferente a hace más de 20 años... la única referencia que del mundo tenía; se sorprendió, por ejemplo, cómo en el establecimiento en donde degustaba su *Hawaiana* vio que cada integrante de la familia estaba atenta a un aparato, un teléfono celular inteligente, del cual desconocía su existencia, ya que el primer iPhone fue presentado en el año 2007, mientras que el Motorola Droid, que fue el primer móvil en utilizar el sistema operativo Android de Google, vio la luz en el año de 2009, los años en que vivió su personalidad alterna, lo que equivaldría en estos momentos a una amnesia de dos décadas. Recordó a su familia, cuando era niño, cuando veía a sus tíos y demás familiares a la hora de la comida charlando amenamente... también esos años habían quedado atrás, no sólo para él, sino para toda la humanidad, consideró... y lo lamentó...

Capítulo 15

CON LA FRENTE MARCHITA

Ya con rumbo a Acapulco, Francisco Gasca salía de Ciudad Altamirano y dejaba una vez más esa tierra que lo albergó durante algunos años... discretos reflejos iluminaban la carretera rumbo a Tlapehuala... en esos momentos sonaba en el sonido ambiental del autobús la canción *Volver*, de Carlos Gardel, pero en voz de Roberto Carlos... "Yo adivino el parpadeo de las luces que a lo lejos van marcando mi retorno, son las mismas que alumbraron con sus pálidos reflejos hondas horas de dolor"... y recordó la odisea en la cual estuvo a punto de morir, pero tras la cual perdió su memoria... vivió de nuevo, con gran claridad, las horas previas al accidente que marcó su vida para siempre... había pasado tanto tiempo... "Y aunque no quise el regreso, siempre se vuelve al primer amor", y de nuevo el recuerdo de Lulú, su amada, se apoderó de su mente... y su corazón. ¿Qué será de ella?, ¿vivirá?, ¿seguirá casada?, ¡qué tonterías estoy pensando!", se recriminó.

"Volver... con la frente marchita, las nieves del tiempo platearon mi sien... sentir que es un soplo la vida... que 20 años no es nada"... más de 20 años habían pasado desde que tenía memoria de una realidad que era muy distinta a la que hoy vivía.

"Vivir, con el alma aferrada a un dulce recuerdo que lloro otra vez" sonaba la melodía... y ahí estaba Lulú de nueva cuenta, en sus pensamientos... después de tantos años... y sintió miedo, incertidumbre, como esa incertidumbre en la que se había convertido su vida últimamente… tras la insistencia de esa vieja canción, Francisco quedó dormido… estaba cansado, y no era para menos después de lo vivido las últimas horas.

Iban a dar las 6 de la mañana cuando el viejo reportero bajó del autobús en la terminal de la avenida Cuauhtémoc; no traía maletas ni alguna otra pertenencia. Aún no amanecía y decidió caminar… sus pasos lo llevaron una vez más a ese bar en donde conoció a Minerva… había pasado tanto tiempo… ¿qué sería de ella? Después de algunos minutos llegó al lugar… ¡estaba cerrado! No se había percatado que todos los centros de diversión nocturna estaban sin actividad por las restricciones que autoridades impusieron por la pandemia del Covid-19. Se sentó en una banqueta… esto era muy confuso, era muy difícil de digerir… sentía que estaba en un mundo desconocido… y de pronto sintió que Acapulco era un auténtico pueblo fantasma. Se quedó mirando al horizonte… en realidad la mirada se perdía en la nada… de pronto clavó su vista en el pavimento, cerró sus ojos y parecía que estaba a punto de quedar dormido…

"It's a lover's dance in a fiery chant. Don't be afraid to face the music now", escuchó a sus espaldas la voz melodiosa de Donna Summer… pero no abrió sus ojos, supuso que alguien pasaba, trasnochado, con algún aparato portátil reproductor de música y… que pronto se alejaría. "Es un baile de amantes en un canto ardiente. No tengas miedo de enfrentar la música ahora", escuchó la traducción de la frase que aparecía en la melodía, pero ahora era la voz en vivo de alguien que le pareció familiar… y escuchó algo, muy cerca al oído, a manera de susurro: "Bésame… bésame por favor", lo que le hizo reaccionar y recordar a una mujer; por fin salió de su letargo en su afán de confirmar de quien se trataba… abrió sus ojos lentamente… estaban cansados… giró su cuerpo y miró con dificultad esa silueta a contraluz, y balbuceó con dificultad, con duda…

- ¿Mi… ner… va?, ¿eres Minerva?

- La canción… esa que escuchamos cuando estuvimos juntos por vez primera, en esa pista… nunca dejé de escucharla… ha pasado mucho tiempo y siempre supe que la volveríamos a escuchar juntos…

El cansado periodista se puso por fin de pie y se fundió en un abrazo con la otrora sexy mujer, quien ahora ostentaba todos esos años que llevaba encima. Lágrimas escurrieron de sus ojos. Después de unos momentos, pasada la intensa emoción, ambos se sentaron en esa banqueta… la música de Donna Summer seguía sonando en esa bocina inteligente, aparato que para el periodista era una novedad, ya que el reproductor de CD era la última tecnología que recordaba, mientras que la memoria USB, que era la que tocaba, comenzó a salir al mercado a principios del año 2000, tras el accidente que le cambió radicalmente la vida.

- El bar fue cerrado por la pandemia del Covid-19… así hay muchos en esta ciudad… ha muerto mucha gente; la alcaldesa, Adela Román Ocampo, ha ordenado construir muchas tumbas para donarlas a quienes mueran por esta enfermedad... Acapulco está muy triste, sin la diversión de antes... ¿recuerdas? Yo fui despedida desde hace algunos años... ya no soy aquella jovencita que atraía clientes... ya nadie me invita una copa... así es que ahora me convertí en clienta de este lugar en donde algún tiempo fui la reina... pero todo pasa... sobre todo la juventud.

- Pero, ¿qué haces aquí, si sabes que cerraron el bar?

- Cada noche vengo con la esperanza de encontrarlo abierto... no puedo conciliar el sueño... no puedo ir a otro lugar... tantos años... realmente me quedé atrapada en este ambiente... además, y no vas a creerlo, pero tenía la esperanza de que regresarías una vez más y yo quería estar aquí para verte, quizá por vez última... pasaron los años... y tú no venías... ya estaba perdiendo la esperanza... hoy estuve a punto de quedarme en casa, pero me di una patada en el trasero y vine de nuevo a este lugar de tantos recuerdos... y no me equivoqué al decidirme venir una vez más, quizá la última... agradezco a Dios que no me haya permitido dejarme vencer por el cansancio y la desesperanza... porque aquí estás conmigo, frente a frente... después de tanto tiempo...

- No comprendo...

- ¿Qué es lo que no comprendes?

- Tú has sido muy hermosa... seguramente muchos hombres morían por ti, por llevarte al altar... seguramente quienes te cortejaron eran hombres de todos los tipos, de condición social, es decir, tenías para escoger a tu gusto…

- Me cansé de escuchar las mismas tonterías: "Te puedo sacar de trabajar"… "deja este lugar y vente, te daré una vida digna"… "si vienes conmigo estarás mejor"… "te pago la renta de donde vives si sólo estás conmigo". Como si me hicieran un favor, o como si yo fuera una mercancía… eso es lo que siempre odié: era la reina del lugar, pero me veían como una mercancía y no como una persona que tiene sentimientos… anhelos; por eso los rechacé, ¡todos eran iguales! Pero tú eras y eres diferente, siempre fuiste sincero, nunca me prometiste cosa alguna, me dijiste que amabas a otra, me diste sexo y, sin saberlo, te pagué con amor… porque finalmente me enamoré de ti, pero te amé en silencio, sin condiciones ni ataduras emocionales; la última vez que nos vimos yo sabía que te irías, y sólo pedí al cielo que fueras feliz, con quien sea… donde sea…

- Ella se casó, lo sabes… fue un amor imposible el nuestro.

- Claro… lo sé… y lo siento de veras, pero… ¿y qué haces aquí después de tantos años?

- Esa sí es una historia muy larga… me temo que no puedo contarla… sólo te diré que volveré a mis inicios… me presentaré en el *Diario Diamante* y ahí estaré hasta que muera….

- Comprendo… y supongo que esta será la última vez que nos veremos… no creo que haya tiempo para otro regreso… ya no somos esos jovencitos que tienen un futuro por delante… o una esperanza.

- Me temo que tienes razón aunque, créeme, eso nadie lo sabe… y ahora ya no creo en el futuro… sólo buscaré vivir cada día… con intensidad, con lo que me queda… trabajaré duro cada día, ¡volveré al *Diamante* y volveré a ser el mejor, sí señor!

La luz del día los sorprendió. Tímidamente, una pequeña parte de la población de Acapulco volvía a las calles, ya que las autoridades sanitarias habían emitido medidas drásticas para evitar que la gente saliera si no era muy necesario; se suspendió la mayoría de las actividades públicas.

- Adiós, Minerva, fue un placer conocerte… y volver a verte.

- Adiós, mi amor imposible… gracias por esos momentos de tu vida que me regalaste… fueron pocos pero me hicieron inmensamente feliz. Te deseo toda la felicidad que mereces… Si me entero que te has ido de esta vida, no te ofrezco asistir al funeral, pero sí derramar por ti el resto de lágrimas que me quedan… hasta quedar seca…

Se fundieron en un fuerte abrazo, lo que le permitían las fuerzas de dos cuerpos cansados… había en sus ojos no sólo lágrimas, sino la tristeza de una despedida con sabor a un "hasta nunca"; así estuvieron un par de minutos, se negaban a soltarse… finalmente fueron cediendo… el reportero dio dos pasos hacia atrás, la miraba fijamente a los ojos… dio la media vuelta… y se fue… Minerva no apartó la mirada del hombre hasta que se perdió a lo lejos… sobre la avenida Miguel Alemán, La Costera.

El reportero llegó hasta ese hotel, el Dorado, en el que ya había estado hospedado anteriormente. Descansaría un par de horas y se dispondría a acudir a las oficinas del *Diario Diamante*, a encontrarse con el pasado… buscando convertirlo en su presente y, ¿por qué no?, en su futuro.

Pero así es la vida… las cosas no siempre salen como se planean o se desean o se quieren. Un ejemplar del *Diario Diamante* estaba en la sala de espera del establecimiento de hospedaje; el encabezado era contundente, lapidario: "Cierra sus puertas el *Diario Diamante*".

"Nomás eso me faltaba", se dijo mientras leía los detalles de la nota… de vez en cuando se frotaba con intensidad los cabellos en señal de desesperación…

Las páginas del diario explicaban que, debido a la estrepitosa caída en las ventas del periódico, así como de la disminución de patrocinadores de la iniciativa privada, derivado en parte por el dominio de las redes sociales, el periódico era ya insostenible económicamente, por lo que los dueños habían decidido cerrar exactamente El 31 de diciembre de 2023, en tanto saldaban cuentas con patrocinadores, trabajadores y voceadores, incluso.

El viejo periodista subió a su habitación con el periódico bajo el brazo… en ese trayecto decidió no buscar a sus amigos, ni a Lulú… ya no tenía caso, no existía ya ese futuro profesional con el que soñaba; estaba claro que la vida le había dado la espalda, pensaba... al llegar a su recámara se sentó pesadamente en la cama, se echó hacia atrás y cayó acostado con los brazos extendidos... luego apretó con ambas manos su frente... se quedó dormido... estaba cansado... habían sido demasiadas emociones en tan poco tiempo.

Capítulo 16

LA NOCHE EN QUE ACAPULCO MURIÓ

Francisco miraba en el monitor cómo las visitas a su portal web de noticias al que decidió llamar *La de ocho*, subían de manera impresionante. "Esto es otro mundo", pensaba... y rememoraba cómo los periódicos impresos batallaban tanto para poder llegar a los hogares, oficinas o las calles no sólo de la ciudad donde se editaban, sino a otros estados de México... "y ahora, con un solo clic puedo llegar a miles de personas, sin tanto esfuerzo, sin tantos colaboradores, sin tanta inversión".

En efecto, el reportero, luego de tantos años de amnesia y tras su regreso al puerto, supo que las noticias ahora llegaban a los lectores a través de la red Internet, que existían las páginas web y las redes sociales, y decidió sumarse a la nueva era, desconocida para él a pesar de que era una realidad que ya llevaba años dominando el mundo; durante la contingencia sanitaria por el Covid-19, encerrado, investigó sobre cómo tener un portal web propio; adquirió el dominio (nombre del portal con su www), rentó un *hosting* (hospedaje web) compartido, al principio, y después un servidor dedicado, como se lo sugirió el *webmaster* quien le diseñó la página de noticias en la plataforma Wordpress, y quien le capacitó para subir la información, fotos y videos, así como el manejo de Facebook y Twitter, entre otras herramientas de comunicación modernas.

En su nueva realidad, ya no necesitaba portar libreta, lapicero, cámara fotográfica, grabadora… con un teléfono inteligente bastaba… antes buscaba información en bibliotecas y hemerotecas, y ahora existía Google… cuánto había cambiado todo.

Dio cuenta de historias tristes sobre pérdidas humanas en Acapulco y el estado de Guerrero por el Covid-19… Fue testigo de la primera mujer en lograr gobernar el llamado estado bronco de Guerrero, Evelyn Salgado Pineda… Por fin, después de más de tres años y medio, en mayo de 2023 concluyó el Estado de Emergencia por la pandemia... todo volvía poco a poco a la normalidad en el mundo, en México y en el estado de Guerrero.

Pero el destino y la naturaleza tenían preparada una sorpresa más para Acapulco.

Lo que parecía una indefensa tormenta tropical se convirtió en muy pocas horas en huracán Categoría 5, la máxima conocida hasta entonces y así, con capacidad destructiva desconocida hasta entonces, golpeó Acapulco… fue un golpe mortal.

Francisco Gasca había estado monitoreando, la tarde del 24 de octubre de 2023, la información oficial sobre las precauciones que debían observarse ante la evolución del meteoro… llegó la noche y muy pronto Otis ya estaba en categoría 3… amenazaba con llegar a la 4… el reportero estaba decidido a seguir informando a la población desde su portal de noticias y las redes sociales.

De pronto la energía eléctrica fue suspendida... la furia del huracán ya causaba destrozos inesperados en el puerto; algunos turistas aún estaban en los centros de diversión nocturna, algunos ya estaban en sus habitaciones de hotel, pero ninguno escapó a la furia del fenómeno destructor en que se había convertido Otis.

En efecto, fue la noche transcurrida entre el martes 24 y el miércoles 25 de octubre de 2023, cuando todos los planes que lugareños y visitantes tenían para el futuro inmediato murieron antes de cualquier oportunidad para realizarlos, o al menos para intentarlo; el huracán Otis en su categoría 5 fue mortal.

Por eso, fue también la noche en que Acapulco murió.

Una fiesta o evento trascendente; la compra de alguna prenda de vestir o de un aparato electrónico; una visita al médico, a viejos amigos e incluso a familiares; el encuentro con el amor de nuestra vida... todo se derrumbó en un abrir y cerrar de ojos, literalmente.

Y a cambio, surgieron las historias que parecían salidas de un cuento de terror, que los días posteriores se platicaban entre vecinos y familiares, en las cuales la gran mayoría de acapulqueños y visitantes infortunados salieron perdiendo.

"Vi la muerte muy cerca", decían en la calle... y eso fue lo que sintieron muchos: que esa sería su última noche.

Una madre con su hijo encerrada en el baño como único refugio luego de que la mayor parte de la casa había sido destruida, con lágrimas, desesperación, oraciones y la posibilidad cercana de que podría estar viviendo sus últimos instantes... es una de tantas remembranzas que posteriormente se hicieron en cualquier charla.

Y qué decir de aquellos cuyas casas fueron inundadas totalmente por el torrente que se llevó muebles, ropa, aparatos, dinero, documentos personales y, en el peor de los casos, que generó la pérdida de vidas... de esos gritos desesperados de quienes eran arrastrados por los ríos... realmente muy triste.

Algunos infortunados murieron en sus casas, otros fueron sorprendidos por el huracán en las calles y algunos más en sus trabajos... algunos fueron reportados simplemente como desaparecidos y, eso, pone en crisis emocional a toda la familia y amigos cercanos.

Acapulco estaba preparado para protagonizar diversos eventos de carácter turístico, lo que suponía la visita de miles de visitantes... además estaba en puerta un fin de semana que traía consigo la celebración de las fiestas de Halloween... y a mitad de la siguiente, el 1° y 2 de noviembre, las tradiciones por el Día de Muertos.

Todo murió con Otis esa noche... y a muchos se escuchó llorar... la noche en que Acapulco murió.

Y al llegar la luz de un nuevo día ahí estaba el triste espectáculo: casas sin techo, árboles y postes de energía eléctrica o de telecomunicaciones atravesados en las calles, o encima de las casas o automóviles... lodo, mucha basura en cada rincón del bello puerto de Acapulco.

Y ahí, en la otrora orgullosa avenida Costera Miguel Alemán, en la zona Dorada de Acapulco, hoteles que fueron desnudados por la fuerza de los vientos huracanados, restaurantes y bares hechos triza... un espectáculo frente al cual la impotencia sólo invitaba al llanto.

La belleza del Acapulco Tradicional también fue borrada, misma suerte que corrió la novedosa y glamorosa zona Diamante.

Nadie imaginó que el daño fuera de tal magnitud. Bastaba recorrer tres cuadras para saber que todo, o casi todo, estaba perdido.

Quienes analizaban las imágenes desde lugares remotos coincidían en no poder digerir lo que veían: la belleza envidiable de Acapulco había muerto... y la resurrección, después de la noche en que Acapulco murió, desde un principio fue de pronósticos reservados... y así siguió por días, semanas... Francisco lloró más de una vez en su habitación también destrozada... parecía que la fuerza moral y física finalmente le habían abandonado.

Capítulo 17

LA ÚLTIMA NOTICIA

Llegó el domingo 31 de diciembre de 2023, la última edición y la última noticia que publicaba a ocho columnas el *Diario Diamante* era realmente digna de un retiro después de tantos años de gloria, de formar opinión entre los acapulqueños… su fuerza y poderío habían hecho que se mantuviera hasta entonces mientras otros ya habían cerrado años atrás… de hecho era el último periódico que sucumbía a la crisis que la era de la información digital trajo a los medios impresos.

"Muere el famoso periodista Francisco Gasca", decía el encabezado principal, ese espacio que durante su paso por el diario siempre ocupó con sus exclusivas notas… y hoy, en la despedida de la circulación, ahí estaba otra vez, aunque en diferentes circunstancias, en esas que nadie quisiera protagonizar.

"La última edición del *Diario Diamante*… la última noticia… a ocho columnas, ¡lo hizo nuevamente el cabrón!, llegó, como siempre, al *cierre*", decía una y otra vez Sarabia, el ex jefe de Información y amigo de Francisco… y es que hoy Francisco llegó al cierre final de esta edición y de todas… hoy acababa todo para el periódico impreso.

Como la estrella que siempre fue, Francisco tuvo que bajar el telón precisamente con él como personaje principal. Gruesas gotas de lágrimas rodaron por las mejillas de su ex jefe… y golpeó con el puño el féretro…

Otras personas presentes en el velorio también se referían una y otra vez a la noticia, a la última noticia... a la que, ahora sí, parecía la definitiva...

En un cuarto obscuro, distante... las imágenes en vivo del velorio eran seguidas desde un monitor por un personaje... la poca luz no permitía identificarlo... lo que sí se vio, tímidamente, fue una sarcástica sonrisa... y esa dentadura inconfundible.

FIN